폴라로이드

일러두기

• 이 책에 달린 주석은 모두 옮긴이의 것이다.

로르 미현 크로제
자전 소설

폴라로이드

김모 옮김

이숲에올빼미

엄마, 클로딘 크로제에게
사랑과 존경을 가득 담아

이어질 말은 우리가 모르는 우리의 모습을 안다.

- 르네 샤르, 『발랑드란의 노래』

어린 시절에는 장래 직업이 무엇일지, 어떤 삶을 살지, 어디에 살지, 어떤 친구를 만날지, 언제 죽음을 맞이할지, 어떤 연인을 떠나보낼지 궁금해하지 않는다. 어머니가 곧 삶이자 일이며, 거처이자 친구, 연인, 그 밖의 모든 것이기에.

- 올리비아 로젠탈,
『크리스마스가 지나면 순록은 무엇을 할까?』

프롤로그

신경증은 드넓은 숲속에 흩어진 불안한 폴라로이드 사진 연작 같다. 정신의 숲을 배회하는 수많은 이미지. 사진을 한 장씩 찾아 유심히 살펴본다면 내 혼란이 어디서 시작되었는지 알 수 있지 않을까. 일단 사진을 보면 깨달을지도 모른다. 마음을 어지럽히던 이미지는 단지 고통스러운 찰나의 기억일 뿐이라는 걸. 그 순간은 분명 괴로웠지만 흉하지 않다. 사실, 아름답지도 추하지도 않다. 혐오스러운 상처가 아닌 면도날이 스쳐간 자리처럼 깔끔한 상처를 보게 될 것이다. 그대로 받아들이고 나면 상처는 아물고, 못생긴 흉터 대신 반듯하고 매끄러운 상흔만 남게 될 것이다.

첫 번째 폴라로이드는 영원히 빈자리로 남아 있을 것이다. 한 살, 정확히는 생후 열 달 때 버림받았으니까. 나는 친부모와 함께한 첫 순간을 조금도 기억하지 못한다. 사람들이 흔히 말하는 친오빠가 아버지께서 우리를 보육원에 맡긴 이야기를 각기 다른 방식으로 들려주었다. 유년기의 이 시절을 혼자 또렷이 떠올리기는 어렵다. 남은 물건은 자그마한 노란 수첩뿐이다. 수첩에는 한글로 쓴 메모 몇 줄과 백신 이름이 적혀 있다. 그리고 꿈에서 본, 나를 내려다보는 긴 검은 머리 여자의 모습이 내게 남아 있는 전부다.

스위스에 도착한 이야기는 양부모님에게 들었다. 입원한 병원에서는 내가 죽을 게 분명하며, 스위스에 갈 상태가 아니라고 단언했다. 그러자 엄마는 간호사인 자신이 생존에 필요한 처치를 직접 할 수 있다고 맞섰다. 하지만 엄마 생각에 내게 정말 필요한 건 애정이었다. 그 판단이 옳은 듯하다. 과자 먹을 때를 빼고는 사흘 밤낮이 흘러도 엄마 목에서 떨어질 줄 몰랐으니까.

이 이야기는 꽤 오랫동안 나를 따라다녔다. 누가 이야기를 꺼낼 때면 처음 도착했을 당시의 내 모습이 그려졌다. 감동하지는 않았다. 작은 인간이 아닌 원숭이에 가까운 모습을 상상하며 그저 얼굴을 붉힐 뿐.

가장 어렸을 때를 생각하면 어느 아침, 혼자 집을 빠져나와 아무도 없는 학교 운동장에 서 있는 모습이 떠오른다. 다른 사람이 들려준 이야기가 아닌, 머릿속 한 장면으로 또렷이 새겨져 있다.

세 살배기가 부모 눈을 피해 어떻게 집을 나섰을까? 혹시 완전히 방치됐던 걸까? 아니면 모두 지어낸 이야기일까? 이야기를 듣고 진짜라 믿고 나서 기억을 만들어낸 건 아닐까?

이 모험이 실제로 벌어진 일인지 굳이 따져볼 필요는 없다. 길을 잃거나 손쉽게 헤어질지도 모른다는, 언제나 품어온 생각을 확인해 주려는 게 아니라면 누가 내게 그런 괜한 소리를 했을 리 없으니까.

학교에 간 아이들을 만나러 집을 빠져나갔다고 한다. 친구가 그리웠던 걸까? 또래와의 우정을 갈구했다는 소리는 그럴듯해 보인다. 이후에도 그런 일을 수없이 반복해 왔다.

이 이야기는 내 정신세계의 핵심 두 가지를 잘 드러낸다. 타인을 향한 애정과 교양에 대한 열망. 어쩌면 두 번째는 나와 비슷한 사람들과 사귀고, 그들에게 인정받고 싶은 마음의 또 다른 표현일지도 모르겠다.

초등학교 입학식 날에 찍은 폴라로이드를 보면 마음이 아프다. 당시 나는 이미 유난히 진지했고, 그 때문에 오랫동안 특이한 아이 취급을 받았다.

나는 학교가 좋았다. 친구도 만나고 질서와 규율도 배울 수 있었다. 이런 강도 높은 사회화 과정이 새로운 길을 열어줄 거라 믿었다. 그건 사실이었다. 나중에 보니 그랬다. 하지만 이토록 획일적인 장소에 대한 허기진 기쁨을 떠올리면 종종 마음이 불편했다.

첫 발표회 때의 일이다. 한 아이가 발표를 하려고 가족 관객 앞에 나설 때마다 나는 친구들에게 조용히 하라며 단호히 검지 손가락을 입술에 갖다 붙였다. 아빠가 이 일을 회상할 때면 늘 난처했다. 부모님은 이 순간을 사진으로 영원히 남겨뒀다. 마치 그 행동이 특별히 나를 잘 보여주는 것처럼 말이다.

부모님이 나의 그런 태도를 좋아하는지, 아니면 나처럼 불편해하는지는 여전히 잘 모르겠다.

할아버지는 나의 엄격한 성격을 알고 계셨던 모양이다. 종종 예언처럼 내가 "여선생(mégotte)"이 될 거라고 말씀하셨으니까. 대형 은행에서 쓰레기통 비우는 일부터 시작해 지점장 자리에 오른 할아버지에게 교사는 명예로운 직업이었다. 그런데 왜 하필 스위스 프랑스어권 비속어를 쓰셨을까? 그 말을 들으면 상냥한 교사보다 타다 만 담배꽁초(mégot)가 떠올랐다. 왜 그런 볼품없는 말로 나를 놀리며 교사라는 직업에 거리를 느끼게 했을까?

거의 10년, 과외 교사 시절까지 더하면 그보다 오래 선생으로 살았지만 그 역할은 끝까지 어색했다. 선생은 마치 목사나 선교사처럼 좋은 말만 전하는 직업 같았다. 어쩌면 소극적이고 무미건조한, 개성을 찾기 어려운 내 성격과 잘 어울리는 일이었는지도 모른다. 하지만 꿈꿔본 적 없는 이 직업을 택한 것에 대해 늘 변명하고 싶었다. 화려하지는 않아도 다른 일보다 상하 관계가 느슨하고, 프랑스어에 대한 애정을 나눌 수 있다는 점을 위안으로 삼았다. 월급을 핑계 삼기도 했다. 이 직업에 진심을 드러내는 것보다 그편이 더 그럴듯해 보였으니까.

교직이 꺼려졌던 건 일 자체가 아니라 이미지 때문이었다. 만약 바텐더 같은 이미지라면 오히려 쉽게 받아들였을지도 모르겠다. 호텔 청소부와 스트립댄서로 일했던 예술가 소피 칼을 남몰래 동경해 왔기에, 바텐더로 일하고 싶다고 가끔 농담처럼 떠들기도 했다. 파트타임으로 생계를 꾸리면서 글을 쓸 수 있다면, 그런 일이 교사보다 훨씬 괜찮을 것 같았다.

착한 선생님을 연기할 뿐 진정한 소명 의식은 없다는 게 드러난 날, 수업을 그만두기로 했다. 수업을 받던 사립학교 학생들이 나의 진정성 없는 태도에 상처받고 서툰 연기에 지쳐, 익명 평가로 나를 비난했다. 서둘러 다른 일자리를 찾아 인터넷 서비스 회사의 상담원으로 취직했다. 급여는 절반 넘게 줄었지만, 순수한 영혼을 더는 괴롭히지 않아도 된다는 사실에 오히려 마음이 편했다. 그렇게 나는 수학 교사인 아빠의 그림자에서 벗어나 마침내 홀로서기를 시작했다.

어린 시절의 한 사건이 오랫동안 나를 따라다녔다. 네 살 무렵 음악 체험 활동 시간이었다. 수업에 너무 빠져든 나머지 바지에 실수하고 말았다. 순간 강렬한 수치심이 밀려왔다. 기억하는 한 그런 느낌이 든 건 처음이었다.

물론 나만 그런 실수를 하는 건 아니었다. 별일 아닌 줄 알면서도 비난이 두려워 처음으로 거짓말을 했다. 물을 흘렸다고.

사람들이 그 말을 믿었는지는 기억나지 않는다. 다만, 실수 자체가 아니라 그 일이 발각된 순간이 가장 괴로웠다는 건 분명하다. 그때 내가 타인의 시선을 얼마나 의식하는지 확실히 깨달았다.

8년 뒤 같은 장소에서 열린 연주회에서 리코더를 형편없이 불었던 건 그때의 악몽 때문일까, 아니면 위엄 있는 피아노 옆에서 내 악기가 너무 초라해 보였기 때문일까. 어느 쪽이든 그날 나는 끔찍한 연주를 했다.

불행하게도 방학 캠프 침대에서 같은 실수가 있었다. 나는 매일 밤 실수한, 장애가 있는 아이에게 누명을 씌웠다. 캠프 교사들은 그 가여운 아이가 일부러 남의 침대에 와서 그랬을 리 없다고 생각했을 것이다. 다른 아이들은 더 캐묻지 않았다. 아마도 자신과 달라 불편했던 아이를 기꺼이 비난하고 싶었거나, 또는 나를 배려했던 거겠지.

이번에도 행동 자체보다 들켜서 부끄러움이 더 컸다. 잘못된 행동을 하더라도 아무도 모른다면 어땠을까? 실수 자체보다 누가 나를 비난하며 우월한 태도를 보이는 게 더 괴로웠다. 나는 잘못이 들통날 때만 반성했다.

이 오래된 비열함 때문에 불면증이 있는 건지도 모른다. 잠꼬대를 두려워하는 사람처럼 잠든 사이에 재앙이 또 일어날까 봐 잠들기를 두려워하는지도 모른다.

부당한 처우 때문에 한 번은 분노가 폭발했다. 이 일은 뜻밖에도 널리 알려진 신화 속 인물과 관련이 있다.

12월 크리스마스쯤, 처음으로 생일 파티에 초대받았다. 부잣집 여자아이가 또래 친구를 잔뜩 불러 생일 파티를 열었다. 아주 어렸을 때다. 다섯 살 정도 됐을까.

클레멘타인과 스프레드를 바른 카나페, 그리고 거대한 포레 누아르 케이크를 실컷 먹고 우리는 거실에 모였다. 아이의 부모님은 비밀 선물이 있다며 방 한쪽 구석에 조용히 모여 앉으라고 했다. 우리는 숨죽이고 깜짝 놀랄 순간을 기다렸다.

그때 세상에서 가장 유명한 노인이 등장했다. 산타클로스는 곧장 그 아이에게 다가갔다. 영원과 같던 시간 동안 그는 아주 다정한 목소리로 아이에게 말을 걸고 속삭이더니, 마침내 선물을 잔뜩 안겼다. 내가 생일마다 딱 하나씩 받곤 했던, 보통은 온 가족이 돈을 모아 사주는 그런 선물이었다. 그 아이는 길고 부드러운 갈기가 풍성한 조랑말 한 마리와 분홍색 조리 도구가 딸린 미니 주방 세트, 모두가 좋아하는 바비 인형, 향기로운 제품이 가득한 화장 놀이 세트를 받았다. 엄청난 광경에 우리는 눈이 휘둥그레졌다. 나 역시 입이 다물어지지 않았다. 속에서는 부글부글 화가 치밀었다.

샬랑드 할아버지[1)]가 그 아이에게 특별한 관심을 주는 건 이해가 갔다. 아무튼 그 아이의 생일이니까. 하지만 텅 빈 자루를 메고 아무 말도 없이 떠나버리는 모습은 도저히 참을 수 없었다. 산타가 모든 아이의 친구라고 순진하게 믿었던 나는 크나큰 착각을 깨달았다. 집에 돌아와 분한 마음에 나는 얼마나 실망했는지 한참을 털어놓았다.

그때 부모님이 산타클로스에게 분노의 편지를 쓰라고 제

1) 스위스 로잔 지역에서 전통적으로 산타클로스를 부르는 말.

안했던가. 아무튼 부모님은 어린아이가 그토록 무섭게 화내는 모습이 재미있었는지, 크리스마스이브에 산타클로스에 대해 어떻게 생각하는지 가족과 손님 앞에서 이야기해달라고 했다.

이야기할 기회에 신나서 열변을 토하다 보니 분노가 점점 더 거세졌다. 누군가가 산타를 만나면 어떻게 할 건지 묻자, 격정적인 연설의 절정에서 나는 "둘로 쪼개버리겠다"고 외쳤다. 그 순간 뒤에 서 있는 산타클로스를 발견했다. 연설하려고 올라선 의자에서 황급히 내려왔지만, 이미 늦어버렸다. 샬랑드 할아버지는 정말 자기를 둘로 쪼개고 싶은지 물었다.

나는 있는 힘껏 부인했다. 한 가지 사실이 확실하게 다가왔다. 부끄러웠고, 이런 못된 장난을 친 사람들에게 진짜 분노가 치밀었다. 어린이에게 한없이 선의를 베푸는 산타 할아버지에게 미움을 받게 될까 봐 불안했다. 그것도 보호자라고 믿었던 사람들 때문에. 나는 잠시 산타 할아버지와 못된 장난을 모두 잊기로 했다. 쓸쓸하고 괴로웠다. 부모님과 그날 밤의 주인공이 합심해 나를 곤란하게 만들다니.

초등학교 시절, 나는 여러 번 웃음거리가 되었다.

특별히 기억나는 일이 있다. 평소처럼 정글짐에서 묘기를 부리다가 뚝 떨어지고 말았다. 혀끝에서 피 맛이 느껴지자, 선생님께 달려가 머리가 깨질 듯이 아프고 피를 뱉었다고 말했다. 친절한 선생님은 다정하게 괜찮다고, 코피가 났을 뿐이라고 달랬다. 그 순간 아파서 무서운 것보다 정신적 쓰라림이 더 크게 느껴졌다. 상태를 과장한 게 몹시 부끄러웠다. 인정하고 싶지 않지만, 내게 건강 염려증이 있다는 아빠 말이 완전히 틀리지는 않았다는 걸 확인했다.

지금도 아플 때면 증상을 과장하는 건 아닌지 의심이 든다. 그래서 고열이 나도, 어떤 상태에서도 마음을 다잡고 일터로 향한다.

학교에서 거리낌 없이 말하고 행동했지만, 다른 아이들과 다르다고 느끼거나 소외되는 순간은 달갑지 않았다. 우리 부모님은 좀 남달랐는데, 그 특별함은 풍요가 아닌 무거운 짐 같기만 했다. 차이는 일상의 사소한 순간마다 드러났고, 특히 학교 소풍 때 엄마가 싸준 도시락에서 두드러졌다.

엄마는 완제품을 사기보다 영양이 풍부하고 균형 잡힌 음식을 직접 만들어 줬다. 하지만 나는 엄마의 그런 유난을 드러내고 싶지 않았고, 동시에 삼각 플라스틱에 위생 포장된 샌드위치를 살 형편이 안 된다는 것도 숨기고 싶었다. 엄마가 간식과 함께 꼭 챙겨주던 은수저로 요거트를 먹을 때면 한없이 우스워지는 기분이었다. 친구들이 알록달록한 플라스틱 수저로 초콜릿 크림을 떠먹는 모습을 보고 마냥 부러워했다. 그래서 나도 모르게 은수저를 여러 개 잃어버린 걸까.

경제적 여유가 생기자마자 못마땅한 상황을 바로잡았다. 대형 마트에 가서 비닐 포장된 음식을 실컷 사고, 엄마의 그 지루할 만큼 건강한 식사는 철저히 외면했다.

엄마의 또 다른 습관은 어린 시절 내내 나를 괴롭혔다. 검소하고 겸손하기 때문일까, 아니면 허영이 특이하고 세련된 방식으로 드러난 것일까. 엄마는 새 옷을 사는 대신 자선 단체에 전달된 옷 가방에서 옷을 찾아 입고 자랑스러워했다. 엄마의 모습은 마치 코제트[2] 같았다. 엄마가 예쁜지는 그다지 신경 쓰지 않았지만, 내 친구 플로라의 엄마, 실비안 아주머니처럼 꽃무늬가 은은하게 들어간 파스텔 톤 원피스를 사서 입지 않는다는 사실은 부끄러웠다.

물이 좀 불편했다. 거의 익사할 뻔한 적도 있었다.

여름휴가 때의 일이다. 부모님 친구 소유의 어느 별장 수영장에서 물놀이를 했다. 타이어 튜브에 앉아 떠다니며 즐거이 공상에 잠겨 있는데, 물놀이를 무척 좋아하는 오빠가 모두에게 근사한 장난감이던 튜브를 달라고 했다. 우리는 늘 사이가 좋았기에 나는 기꺼이 건네주기로 했다. 그런데 갑자기, 나는 서서히 수영장 바닥으로 가라앉고 있었다.

조금이라도 위험에 빠지지는 않을까 늘 주의 깊은, 아니 불안한 눈길로 우리를 지켜보던 엄마가 물에 뛰어들었다. 엄마의 분홍색 인도 원피스가 마치 거대한 꽃처럼 사방에 퍼졌다.

2) 빅토르 위고의 소설 『레 미제라블』에 등장하는 인물. 학대받으며 가난과 고난 속에서 살다가 장 발장을 만나 헌신적인 사랑과 보호 속에서 성장한다.

사건은 순식간에 끝났고, 그때는 특별히 무섭지도 않았다. 하지만 시간이 한참 지난 후에도 나는 물을 두려워했다.

목욕은 자주 했지만 욕조에 오래 머물지는 않았다. 피부가 쪼글쪼글해지는 게 싫고 영원히 그 상태로 변할까 봐 걱정된다고 변명했다. 하지만 고백하자면, 욕조에서 죽게 될까 봐 막연히 두려웠다.

매주 수영 수업 시간이 얼마나 괴로웠는지 생생히 기억난다. 수영장이 얕아 수심은 마음에 들었지만, 화장실 냄새에 구역질이 났다. 평영과 자유형을 수천 번 배우고 반복하며 화살처럼 쭉 뻗는 자세를 수없이 흉내 내다가, 결국 차갑고 거대한 수영장으로 들어가야만 했다. 온몸이 떨리고 무서워 죽을 것만 같았다. 더는 견디기 어려워 절망적으로 수영장 가장자리를 붙잡으면 강사는 장대로 손가락을 내리치며 격려했다. 수업이 끝나면 용기를 낸 보상으로 작고 알록달록한 막대 사탕을 받았다. 그렇게 역겨운 사탕은 처음이었다.

학교에서도 고난은 이어졌다.

2주에 한 번 있는 수요일 체육 시간은 고문 자체였다. 우리

동네보다 훨씬 부자 동네에 있는 벨베데르 학교로 선생님과 함께 가서 물놀이를 했다.

선생님이 움직이기 시작하면 나는 저주를 퍼부었다. 수영장 수위를 낮추는 순간부터 말이다. 두 번째 동작을 보면 피가 완전히 얼어붙었다. 선생님은 캐비닛에서 수영 킥보드를 가져오라고 손짓했다.

수업이 끝날 때까지 추워서 파래진 입술 사이로 이를 덜덜 떨며, 앙상한 다리를 허우적거리다 수영장 가장자리로 돌아오기를 겨우 반복했다. 집에 가서 머리를 감기까지 땋은 머리에서 풍기는 염소 냄새에 구역질이 났다.

수영복을 입고 싶다는 마음을 제외하면 친구들이 왜 여름 내내 수영장에 가고 싶어 하는지 도무지 이해할 수 없었다.

남자애들이 머리를 물속에 밀어 넣을 때면 억지로 재미있는 척하기도 정말 끔찍했다.

아이러니하지만 놀랍게도, 내 연인들은 거의 모두 물을 사랑했다. 대부분 남부 출신으로 바다에 닿으면 마치 새 생명을 얻는 듯했다. 그들은 물에서 마치 그리스 영웅 안타이오스 같았다. 땅을 밟을 때마다 힘을 되찾았다는 그 영웅 말이다. 그들이 즐거워할수록 내 불안은 더 선명해졌다. 가끔 드넓은 바다에 함께 가자고 떠밀 때면 특히 끔찍했다. 두려운 내색조차 할 수 없었다. 상대의 물에 대한 애착이 나를 더욱 불안하게 만들었다.

방학이면 알프스에 자리한 부모님 친구의 소박한 샬레에서 며칠을 보냈다. 그곳에는 나보다 몇 살 어린 여자아이도 있었다.

나쁜 아이는 아니었다. 함께 웃음을 터뜨리기도 했다. 하지만 여름 방학 때 벌어진 일로 나는 아이를 무척이나 원망하게 되었다.

아빠와 알프스로 향하는 길에 기대하지 않은 일이 벌어졌다. 소원대로 당시 유행하던 일본 만화책을 받은 것이다. 금발머리 소녀 캔디가 주인공이었다. 샬레에 도착해 만화책을 보여주자 아이는 갑자기 그게 자기 거라고 우겼다. 되찾을 수단과 방법을 다 써봤지만 소용없었다. 결국 책을 두고 떠나야 했다. 부모님을 혼자 독차지하는 그 아이에게 아빠와의 추억 하나를 그렇게 남기고 왔다.

그 아이는 자라서 쇼핑에 열광했다. 유행이 현기증 날 만큼 빨리 바뀌는 바람에 한물간 옷이 자연스레 우리 집에 왔다. 어떤 주말에는 새 신발을 네 켤레나 받기도 했다. 토요일 정오, 옷이 쇼핑백에 가득 담겨 도착했다. 내가 학교에서 돌아오기 전이라 집을 지키던 여동생이 언제나 옷을 먼저 고르기 시작했다. 얼마 지나지 않아 환상적인 쇼핑백은 다른 누가 아닌 동생의 차지가 되었다. 동생의 옷장은 세련된 옷과 갖가지 화려한 색이 나날이 늘어났다. 그에 비해 내 옷장은 점점 더 칙칙하고 단조로워졌다.

내 허영이 짓밟힌 것보다, 여동생은 나와 달리 타고난 미인이라 특별히 가꾸는 게 마땅하다는 생각을 또 한 번 확인한 것이 더 마음 아팠다.

우리 가족은 여섯 식구가 얼마나 끈끈히 이어져 있는지 언제나 재확인하고 싶어 했다. 다른 관계를 희생하는 일이 있더라도.

손님이 오면 여동생은 특히 언니인 나를 동정하며, 내가 처음 스위스에 왔을 때 얼마나 불쌍했는지 설명했다. 대충 넘어가는 법이 없었다. 피부를 좀먹던 옴, 박박 밀은 머리카락, 위장을 갉아 먹던 기생충까지 하나하나 자세히 늘어놓았다.

부모님은 우리가 얼마나 가까운지 몇 마디 말로 드러냈다. 아빠는 내 요리 솜씨를 지적하거나, 장황한 말투를 꼬집거나, 볼품없이 납작한 가슴을 놀렸다. 그럴 때마다 나는 기가 죽어 평소의 말솜씨는 사라지고, 혀가 꼬여 횡설수설 지껄였다.

그중에서도 우리 가족은 스무 권이나 되는 사진첩을 꺼내 보여주길 가장 좋아했다. 말하다 벌리고 있는 입, 찡그린 얼굴, 갖가지 기상천외한 자세가 고스란히 담겨 있었다. 이런 유물은 치우자고 애원하면 가족들은 내가 부끄러워한다고 놀렸다.

우스꽝스러운 사진으로 우리 가족은 누구와도 비교할 수 없을 만큼 우리가 서로를 얼마나 속속들이 알고 있는지 보여주고 싶어 했다.

하지만 부모님은 이렇게 생각하지 않았다. 그저 사진 속 우리 모습이 하나같이 예뻐 보였을 뿐이라고 했다.

아빠와 엄마는 유달리 카메라를 꺼내 들었다. 오랫동안 이해할 수 없던 여러 장면이 기억에 남아 있다.

가장 오래된 사진 중 하나는 산처럼 쌓아둔 보드게임 상자 더미 한가운데 앉아 있는 모습이다. 상자는 하나같이 비어 있었다.

엄마는 그때 이야기를 종종 꺼냈다. 사진을 찍고 이런 말썽꾸러기가 또 있을까 싶어 엉덩이를 때렸다고. 어떻게 들으면 엄마의 목소리에서는 애정과 함께 자부심이 묻어났다.

엄마는 사방에 흩어진 게임 조각들 사이에 앉은 나를 발견하고, 더는 어지를 수 없게 장식장 문을 아예 닫아뒀다고 한다. 그런데 다음 날, 똑같이 아수라장 한가운데 여왕처럼 앉아 있는 나를 발견한 것이다.

엉덩이를 맞은 이유는 충분히 이해할 수 있었다. 엄마가 그리 세게 때리지는 않았을 테고, 기저귀를 차고 있었으니 가벼운 벌로 상처받은 건 자존심뿐이었을 듯하다. 하지만 혼내기 전에 엄마는 왜 그 순간을 사진으로 남기고 싶어 했을까 오랫동안 의아했다.

거북이가 되는 꿈을 자주 꿨다. 자라서는 '민첩하다'는 말을 자주 들었지만, 어린 시절에는 '빨리해!'와 '늦겠다!' 같은 말을 수없이 들었다. 음식이 나오자마자 수저를 들어도 늘 마지막까지 접시를 반도 비우지 못하고 식탁에 혼자 앉아 있었다. 형제자매들이 정원에서 뛰어놀 때 나는 여전히 접시와 마주하고 있었다. 왜 이렇게나 지나치게 느린지 도저히 받아들이기 어려웠다. 이런 모습이 나의 정신적 결함을 보여주는, 부인할 수 없는 물리적 증거 같았다.

원인 모를 제지를 받을 때면 언제나 속이 뒤집혔다. 특히, 음악 선생님이 학년말 시험에 응시할 필요가 없다고 했을 때 엄청난 충격을 받았다. 시험을 치르기에 실력이 너무 형편없다는 평가를 도저히 받아들일 수 없었다. 처음에는 자동으로 합격한 줄 알았다가 이내 착각임을 깨달았다. 시험에 통과할 만큼 열심히 준비할 거라는 신뢰조차 받지 못하고, 심지어 평가받을 자격조차 없다고 여겨진 것에 내 안의 모범생은 깊은 모욕을 느꼈다. 결국 나는 음악 학원을 그만뒀고, 나중에는 재능이 부족해 발전 가능성이 없어 보이자 클래식 발레 학원도 그만뒀다. 이해받기 어려운 사실일 테지만, 나는 경쟁을 하기에는 자존심이 너무 세거나 마음이 너무 여렸다.

어린 시절, 나는 독실한 신자였다. 신의 존재를 믿고, 신에게 사랑받는다고 생각했다. 그때는 그저 누구에게도 해를 끼치고 싶지 않다는 이유만으로 나 자신이 순수하다고 확신했다. 시간이 지나서야 내가 얼마나 나약하고 이기적인지 깨달았다. 사람들이 말하는 대로, 예쁘고 정직하게 크면 예수님과 결혼할 수 있으리라 믿었다. 그래서 교리 공부와 하느님 이야기에 관심이 많았다. 물론 나이 지긋한 부인들이 진지하게 복음을 전할 때 가끔 웃음을 참지 못하기도 했지만.

스카우트에 들어간 뒤로 신앙심은 더욱 깊어졌다. 특히 모닥불 주위에서 찬송가를 부를 때면 신앙이 가득 차올랐다. 어둠 속에서 타오르는 불꽃을 바라보며 거룩한 노래를 부르는 게 무척 흡족했다. 그런 순간에는 영혼이 느껴지는 듯했다.

산골짜기 수녀원에서 피정을 마치고 첫 영성체를 받았다. 멀고 추상적인 신의 존재보다 수녀님의 지극히 금욕적인 삶에 더 매력을 느꼈지만, 그런 말은 차마 꺼내지 못했다. 아무튼 혀 위에 살포시 닿는 성체의 감촉도, 포도주의 맛도 황홀하고, 성당도 참으로 아름다웠다.

오랫동안 나는 종교와 평화롭게 지냈다. 충분히 집중하면 언젠가는 하나님의 거룩한 존재를 느낄 수 있으리라 믿으며 기다렸다. 조급해하지 않았다.

그러던 어느 날, 한 신부님 때문에 모든 믿음이 무너졌다. 여름 캠프에서 벌어진 일이다. 우리는 숲에서 동물 발자국을 발견하고 석고로 모형을 만들었는데, 그중 몇 개가 부서져 버렸다. 단장님이 우리를 불러 누가 그랬는지 물었다. 아무도 나서지 않자 다 함께 꾸중을 듣고 벌을 받았다. 그때 나는 캠프에 동행한 퀴레 신부님의 바지에 석고가 살짝 묻은 걸 봤다. 평소 고해성사를 해주시는 분이 자신의 잘못을 알면서도 모른 척할 리 없다고 생각했다. 그래서 처음에는 모형 위에 앉았다는 사실을 신부님이 미처 모르고 계신 줄 알았다. 하지만 신부님이 바지를 갈아입으신 뒤에도 처벌이 철회되지 않자, 신부님이 거짓말쟁이로밖에 보이지 않았다. 그날 이후로 미사 포도주는 물을 탄 것처럼 느껴지고, 성체는 그저 빈껍데기로 보였다. 고해신부님을 기쁘게 하려고 죄를 지어내는 일도 멈췄다. 그때부터 나는 불가지론자라고 하지 않고 무신론자라고 분명히 밝혔다.

중학교 시절, 얼굴이 홍당무처럼 빨개지는 일이 종종 있었다. 특히, 수학 선생님의 잔인한 결정을 떠올리면 지금도 괴롭다. 그와 같은 과목을 가르치는 아빠에 대한 반항심 때문에 내가 수학을 못하는 거라고, 선생님은 확신했다. 내가 쉬지 않고 떠들자 어느 날 선생님은 두 줄로 가지런히 놓인 책상 사이에 내 책상만 덩그러니 혼자 두게 했다. 원래 까치처럼 수다를 떨어왔기에 품행 점수가 나빠도 신경 쓰지 않았다. 오히려 이런 단점을 매력 포인트로 여기고, 할 일을 빨리 끝내고 수다를 떨며 긴장을 푸는 건 모범생의 특권이라고 생각했다. 하지만 이런 자리 배치 때문에 늘 장점으로 여겨온 말솜씨를 심각한 약점으로 받아들이게 됐다. 다른 반 아이가 교실 문을 열고 엉뚱한 자리에 앉아 있는 나를 보고 놀랄 때마다 괴로웠다.

내가 똑똑하다는 사실을 스스로 조금도 의심하지 않았지

만, 남들도 나를 그렇게 생각하는지 항상 궁금했다. 그래서 차라리 머리에 당나귀 모자를 쓰고 있는 편이 괜찮을 것 같았다. 그랬다면 적어도 익숙한 방식으로 처벌과 징계를 받는 셈이니까. 이런 특별대우는 사춘기 소녀를 너무나 가혹하게 소외시켰다.

지금 떠올려보면 당연히 괴로울 일인데 의외로 아무렇지 않게 받아들인 사건이 하나 있었다. 가사 시간에 재봉틀 앞에 앉아 펠트 쿠션이나 캔버스 배낭을 만드는데, 한 남학생이 제비뽑기를 하자고 했다. 바보처럼 아무 의심 없이 주머니에 손을 넣었다. 사방에서 웃음소리가 터져 나왔다. 속았다! 주머니 속은 제비 대신 아이들이 뱉은 침으로 가득했다. 굴욕적인 일이었지만, 특별히 상처받지 않았다. 손이 더러워진 기억조차 없다. 그 시절 이런 장난은 흔했다. 최후의 방어심리였을까, 아니면 그저 무심했던 걸까. 어쨌든 나는 이 장난을 나를 겨냥한 것으로 생각하지 않았다. 재미있는 장난은 아니었지만, 특별히 신경 쓰지도 않았다. 나중에 그 남학생이 나를 별로 좋아하지 않는다는, 인정하기 싫은 사실을 알게 됐을 때조차 나를 골탕 먹이려 이런 못된 장난을 친 거란 생각은 들지 않았다. 그날 웃음소리에는 만족감이나 잔인함보다 애정이 담겨 있었다. 적어도 나는 그렇게 믿고 싶었다.

완벽해 보이지 않을까 봐 늘 두려웠다.

열세 살 무렵, 한 가지 일로 인해 지저분하거나 더러워 보일까 봐 걱정하게 되었다.

학교 매점에서 빵을 사는데 같은 반 여학생이 가까이 오라고 손짓했다. 무슨 말을 하려는지 궁금해 서둘러 벤치로 갔다. 그 아이는 내게 옷을 얼마나 자주 갈아입는지 물었다. 나는 사흘에 한 번씩 갈아입는다고 대답하고 다른 말 없이 자리를 떴다. 사실 묻고 싶었다. 옷차림을 말하고 싶은 건지, 아니면 위생 상태를 지적하는 건지. 하지만 스스로 결론을 내렸다. 옷차림을 보고 위생 상태를 판단했을 거라고.

그날 이후, 나는 이틀 연속 비슷한 옷을 입지 않으려는 강박에 시달렸다.

타인의 시선과 판단이 두려워 일찍부터 방어할 전략을 세웠다. 원래 가지고 있었지만 점점 더 발달하게 된 언어 능력을 활용한 일명, '물타기' 전략이었다.

분위기를 편안하게 만들고 예상하지 못한 질문도 피하고자 내 이야기를 먼저 잔뜩 늘어놓았다. 덕분에 가족뿐 아니라 주변 모두가 나를 외향적인 아이로 여겼고, 반대로 형제자매들은 속을 알기 어려운 아이로 취급받았다. 그들은 거리낌 없이 표현하는 나를 본받으라는 말까지 듣곤 했다.

사실, 나는 무관한 이야기를 늘어놓기보다 사람들이 중요하다고 여길 만한 주제를 더 교묘하게 꺼냈다. 물론 생략 과정을 거쳤다. 그건 사소하지만 필요한 일이었다. 다시 말해, 내가 받은 영향은 절대 말하지 않았다. 강렬한 감정은 침묵 속에 감췄다.

이 방법으로 꽤 평온하게 지낼 수 있었다. 하지만 연인 관계에서 이 전략은 오히려 독이 되었다. 반쪽짜리 거짓말과 구멍 난 진실, 위장한 말에 속지 않고 내 마음을 읽어줄 사람을 만나지 못해 슬픔을 오래 견뎌야만 했다. 누가 아주 영리하게, 아니 적어도 호기심과 애정을 가지고 석고 기둥 뒤에 숨은 나를 찾아내기 바랐다.

고등학교 시절에도 속상한 일이 있었다. 어느 날 수업이 끝나고 교도소 문짝처럼 볼품없는 몰골의 한 남학생이 내게 사진 모델이 되어달라고 부탁했다. 학교의 예쁜 애들을 이미 찍고 난 뒤였다. 나는 기꺼이 응했다. 약속한 날, 회색 주름치마와 칼라가 달린 하얀 민소매 블라우스를 입었다. 모범생 같은 옷차림은 촬영 모델이라고 믿기 어려울 만큼 수수했다. 포즈를 취하려니 부끄러워 소박한 옷차림으로 대담한 경험을 상쇄하고 싶었던 걸까. 아니면 그토록 동경해 온 영화배우 오드리 헵번을 따라 하려는 최후의 허영이었을까. 호숫가에서 사진을 여러 장 찍었다. 최선을 다해 포즈를 취한 나는 아마추어 사진사에게 꽤 괜찮은 사진을 남겼다고 생각했다. 하지만 그 후 소년은 사진 얘기를 다시 꺼내지 않았다. 기다리다 못해 사진을 보여 달라고 하자 뻔뻔하게 그는 내 표정이 너무 끔찍해서 인화하지 않았다고 했다. 더 자세히 설명해 달라고 하자 그는 나와 부모님 사이의 심각한 문제가 사진에 고스란히 드러난다며, 정신과 상담을 받는 게 좋겠다고 단언했다.

그 변명은 오래도록 내 머릿속을 맴돌았다. 민망한 순간을 담은 사진을 열렬히 좋아하던 부모님의 취향과 더불어 이 일이 내 연애사에 사진작가가 줄줄이 등장한 계기가 되지 않았을까.

나는 너무 방탕해 보일까 봐 두려운 동시에 지나치게 얌전해 보일까 봐 두려웠다. 모순적으로 번갈아 찾아오는 이 두려움의 두 얼굴은 다음 두 가지 사건으로 낱낱이 드러났다.

첫 번째 사건은 고등학교 1학년 때 있었다. 나를 너무 뻔한 모범생으로 보는 반 친구들을 가장무도회 때 놀래고 싶었다. 그래서 표범을 연상시키는 스페인 스타일 의상을 준비했다. 그것도 흔한 플라멩코 댄서 복이 아니라 레이스가 잔뜩 달린 관능적인 검붉은색 뷔스티에를 골랐다. 진한 화장을 하고 의상을 갖춰 입자 엄마는 연신 카메라 셔터를 눌러댔다. 페드로 알모도바르 영화의 매춘부가 된 기분이었다. 이걸로 반 친구들은 정신의 양식만을 추구하는 순수한 영혼이라는 내 이미지를 완전히 지워버릴 터였다.

사진 속 나는 붉은빛 도는 금발 머리 친구와 나란히 서 있다. 친구는 민트색 깅엄체크 원피스를 단정히 입었다. 엄마가 그날 밤 찍은 사진을 볼 때마다 호랑이 같은 분노가 치민다. 사진을 갈기갈기 찢어버리고 싶은 격렬한 충동에 시달린다. 엄마는 어떻게 나를 그런 차림으로 나가게 했는지, 왜 아무도 나를 공연음란죄로 체포하지 않았는지, 지금도 의아하다.

이중적 두려움을 뚜렷이 보여주는 또 다른 사건은 그로부터 1년 뒤 수학여행으로 사이용 온천에 갔을 때 벌어졌다. 나는 바닷가 시장에서 산 분홍색 수영복을 챙겨갔다. 수영복은 구릿빛 피부를 돋보이게 하고 꽤 잘 어울렸지만, 수학여행에서 입기로 한 건 바보 같은 선택이었다. 겉멋 부린 대가를 톡톡히 치렀다. 무난한 스타일이나 유행하는 스타일 사이에서 시대에 뒤떨어진 화려한 분홍색 수영복이 얼마나 끔찍하게 튀던지. 하지만 정말 견디기 힘들었던 건 다른 반 남학생의 친절한 한 마디였다. 그는 내 이름을 묻더니 부모님이 엄격하신가 보다며 동정했다. 사실 우리 부모님은 꽤 열린 분들이었다. 누구와 같이 있는지 말만 하면 담배도 허락할 정도였다. 그래서 그 말이 더욱 쓰라렸다. 마치 철저히 억눌린 아이처럼 보였다는 뜻이니까.

이건 당시 패션 감각의 문제가 아니라 일종의 편집증에서 비롯된 것이 분명하다. 그런 불안은 대학에 들어가면서 더욱 심해져 오랫동안 따라다녔다. 신나게 놀고 들어온 날이면 어김없이 그날의 대화를 하나하나 곱씹으며 너무 순진하게 굴지는 않았는지, 혹은 반대로 너무 과격하지는 않았는지 따져보았다. 그러는 동안 즐거운 기억을 망치고 결국 잠들지 못했다.

만성 불면증 때문에 일상이 완전히 망가졌다. 불면증으로 내가 얼마나 불안한지 알 수 있었다.

불면증은 네 가지 형태로 찾아왔다.

우선, 잠들기가 극도로 힘들었다. 베개와 이불은 물론 여러 괴물과 사투를 벌이고 잠자리에 든 지 다섯 시간이 지나서야 겨우 잠들었다.

또한 잠에서 수시로 깼다. 하룻밤에 열다섯 번 넘게 깨기도 했다. 침대에서 몸을 뒤척이다 벽에 머리를 부딪치거나, 갑자기 움직일 때마다 잠이 확 달아났다. 어떤 날은 피로 물든 악몽을 꾸다가 숨이 가빠 벌떡 일어나기도 했다.

그나마 여러 번 깨지 않고 자다가 한밤중에 눈을 뜨는 경우에는 서너 시간을 뒤척였다. 마치 낮잠을 실컷 자기라도 한 것처럼.

운 좋게 잠들어 밤을 무사히 넘기더라도 이번에는 지나치게 일찍 깨어나 일어날 시간이 될 때까지 다시 잠들지 못했다. 그럴 때면 가만히 누워 깨어난 이유를 머리에서 하나씩 지우려고 애썼다. 아무런 이유가 없다고 스스로 달래 금세 잠들기를 바라면서도, 한편으로는 이 불면의 명확한 원인을 밝혀 내가 미친 건 아닐까 하는 불안을 떨쳐내고 싶었다. 모순으로 가득했다.

다음 날 일찍 일어나야 한다는 생각을 비롯해 잠을 방해하는 원인은 뻔했다. 잠이 부족할까 봐 걱정되는 순간부터 눈을 감을 수가 없었다. 빨리 잠들어야 한다는 강박이 오히려 불안을 부추겨 알람이 울리기 한 시간 전까지 뜬눈으로 밤을 지새웠다.

내가 침대에서 자는 모습을 누가 본다는 사실도 견딜 수 없었다. 불편한 이유는 내게도 의문이었다. 기차에서 졸 때 모르는 사람이나 가까운 사람이 보는 건 상관없었다. 그때는 관찰을 허락한 것이나 마찬가지니까. 하지만 나의 무방비 상태를

나 몰래 누가 지켜본다고 생각하면 도저히 견딜 수 없었다. 내가 깊이 잠든 모습을 보면서 내 경계를 무너뜨리고 승리를 거둔 것으로 여길 거라는 강박에 사로잡혔다.

사랑하는 사람과 밤을 보내고 난 다음 날은 언제나 고통스러웠다. 피곤함에 지쳐 전날의 강렬했던 감정은 온데간데없이 사라지고, 무심해진 내 모습이 너무 수동적이고 지루해 보일까 봐 전전긍긍했다. 이런 망상 때문에 그다음 날 밤에도 잠들기 어려웠다.

더 놀라운 건 여자 친구와 함께 잘 때도 마찬가지였다. 친구와 같이 자면 늘 친구가 먼저 잠들 때까지 기다렸다가 잠들었다. 그런데 이상하게도 스카우트 활동을 했던 10년 동안은 잠드는 데 아무 문제가 없었다. 사춘기 때 이런 두려움이 시작된 걸까? 아니면 누군가와 함께 자는 데 특별한 의미가 생긴 순간부터일까?

불면의 근원을 찾아 과거를 더듬어보았지만, 이 문제를 해결할 확실한 실마리는 찾을 수 없었다.

내 인생의 크나큰 사랑과 그와 쌓았던 신뢰를 잃고 난 뒤 불면이 시작된 듯하다. 그는 밤마다 내가 잠들 때까지 계속 얼굴을 마사지해 주었다. 며칠 동안 잠들지 못해 지친 상태로 삼키는 진정제보다 그 방법이 더 효과적이고 확실했다.

열세 살 무렵, 일기에 이렇게 썼다. "또 뜬눈으로 밤을 보내다니! 대체 수업 때 어떻게 버티지?"

약은 여섯 시간 평온하게 자는 데 분명히 효과가 있었지만, 역설적으로 또 다른 불안을 불러와 잠을 설치게 했다. 구하기 어려운 약이라 남은 수를 헤아리다 얼마 남지 않으면 공포가 밀려왔다. 약을 사려면 처방전이 필요했고, 그러려면 처음 이 약을 알려준 절친한 친구에게 도움을 청할 수밖에 없었다. 의사인 친구 아버지에게 부탁해야 했다. 하지만 의사 선생님이 내가 약을 남용하는 건 아닌지 걱정하기 시작하면서, 처방전을 부탁할 때마다 친구가 난처해했다. 서로 부담이 커지자 나는 결국 다른 사람에게 도움을 청하기로 했다.

나처럼 보라색 알약에 의지하는 다른 친구에게 부탁해 봤지만 헛수고였다. 불화만 생겼다.

결국 엄마에게 기대기로 했다. 엄마의 어린 시절 친구 중에 의사가 있었다. 이는 생명 유지에 필요한 기본적인 기능조차 혼자 해결할 수 없을 만큼 무너졌다는 걸 인정하는 셈이었다. 짧게 속사정을 털어놓고, 엄마가 친구에게 내 상황을 설명하게 했다.

잠들지 못하는 이 무능은 결국 진실 하나를 드러냈다. 내 마음이 질주하며 지나온 모든 길은 언제나 어김없이 엄마로 향한다는 것을.

여러 신체적 결점 때문에 몸에 대한 이미지는 오랫동안 흐릿한 안개 속에 갇혀 있었다.

먼저 키부터 이야기하자면, 자녀를 향한 엄마의 지나친 염려로 우리는 아주 어릴 때부터 주기적으로 성장 검사를 받았다.

엄마는 내가 허약한 아이에서 밝고 건강하고 아이로 변해가는 과정을 작은 공책에 그래프와 짧은 메모로 기록했다. 이런 평가를 위해 우리는 잔인한 의식을 치러야 했다. 오빠와 나는 일정한 때가 오면 키를 쟀다. 엄마가 우리를 얼마나 잘 키우고 있는지, 입양이 얼마나 성공적인지, 마치 우리의 성장이 그 여부를 입증하는 듯했다.

성장기가 끝난 뒤에도 엄마는 오랫동안 내 키를 확인했다. 엄마를 기쁘게 하는 일이라면 뭐든지 하고 싶었지만, 엄마가 원하는 만큼 키가 크는 것만큼은 불가능했다.

오빠와 여동생은 엄마의 기대에 잘 부응했다. 나는 키를 158센티미터에서 160센티미터로 여권에 살짝 고쳐 적는 것 말고는 할 수 있는 게 없었다. 엄마를 실망하게 했다는 슬픔은 여러 번 밀려왔다. 특히 각종 박람회 도우미로 지원해 보라는 권유를 받을 때면 키 때문에 할 수 없다고 설명했는데, 그럴 때마다 그 슬픔은 한층 더 깊어졌다.

나는 평발이었다. 그것도 참담할 정도로 심한 평발이었다. 샤워하고 나면 타일 바닥에 발자국이 꽉 차게 찍혔다. 부정할 수 없는 증거였다. 아담한 체격이지만 믿기 어려울 만큼 몸이 무겁게 느껴졌다. 그래서 운명에 맞서듯 발 바깥쪽으로 체중을 실어 내 발자국이 마땅히 그려야 할 모양을 만들어내려 애썼다.

하지만 문제는 여기서 끝나지 않았다. 족부 전문의에게 진료를 받고, 값비싸고 못생긴 신발을 처방받았다. 그 신발을 신으면 마치 배를 탄 것처럼 발이 둥둥 떠다녔다. 발을 완전히 가두는 특수 디자인 때문에 보기 흉할 뿐 아니라, 그 못난 신발이 내 결함을 등대처럼 세상에 훤히 드러냈다. 우아함은 찾아볼 수 없는 남색이나 베이지색 가죽 신발만 신지 않았더라면 아무도 내 발바닥 아치의 비밀을 몰랐을 텐데.

몇 달 뒤, 교정용 깔창을 신발에 넣으면서 고통은 절정에 달했다. 다른 사람들 앞에서 신발을 벗기가 죽기보다 싫었다. 누가 내 신발을 본다고 생각하면 정말 끔찍했다.

깔창이 신발 안에서 움직여 플라스틱이 살을 파고들자 불편을 덜려고 활석 가루를 얇게 뿌리게 되었다. 그 뒤로는 친구 집에 놀러 갈 때마다 친구 어머니가 막 청소한 바닥에 하얀 발자국을 남기는 고문까지 함께 견뎌야 했다.

모래밭에서 여러 번 한쪽 깔창을 잃어버리자 결국 엄마는 새 깔창을 사주지 않았다.

할머니는 내게 어른이 되면 하이힐을 신으라고 했다. 나는 어른이 될 때까지 기다리지 않고 할머니의 조언을 즉시 명령으로 받아들였다.

머리카락 때문에도 늘 괴로웠다.

일곱 살쯤, 불운이 처음 찾아왔다. 내가 의지와 개성이 강하다는 걸 보여주면 부모님이 기뻐하실 거란 생각에 공주처럼 기르던 긴 머리를 소년처럼 짧게 잘랐다. 엄마는 용감한 결정을 한 기념으로 사진을 잔뜩 찍어주었다. 기억하는 한 엄마가 내게 예쁘다고 한 건 그때가 마지막이었다. 머리를 자르고 "안녕, 꼬마 총각, 이름이 뭐니?"하는 인사를 받을 때마다 나는 분노에 찬 목소리로 "저는 남자가 아니라 여자예요!"라고 바로잡아야 했다.

열 살쯤, 머리가 다시 길어진 지 한참 지났을 무렵 나는 또 다시 부모님을 기쁘게 하고 싶어졌다. 앞머리를 내어 외모에 변화를 주기로 했다. 엄마는 나를 단골 미용사 조르주 아저씨에게 데려갔다. 그는 내가 긴 머리를 유지할 작정인 걸 전혀 알지 못한 채, 귀 위로 싹둑 잘라버렸다. 눈물을 쏟아내는 나를 보고서도 반대쪽까지 그 끔찍한 짓을 저지르고서야 동작을 멈췄다.

학교 연말 행사 때 엄마는 내 머리를 땋아서 귀 위로 감아 올려주었다. 망가진 머리를 어느 정도 수습할 수 있었지만, 모욕적인 모습이 완전히 사라질 때까지 거울만 보면 화가 치밀었다.

그 후로 특히 연애가 삐걱거리기 시작할 때마다 나는 미용실에 가서 전사로 변신했다. 집에 돌아와 거울을 보고 여성미가 완전히 사라진 걸 확인하고는 어김없이 울었다. 하지만 치장을 전부 벗어던지고 곧 찾아올 자유를 준비했다.

마지막으로 다른 사람의 손을 빌려 머리를 손질하는데, 문득 미용사가 나를 일부러 못생기게 만든다는 의심이 들었다. 짧아진 머리카락을 매만지며 또 한 번 서럽게 울고 난 뒤, 그때부터 머리를 직접 자르기로 마음먹었다.

사실, 모든 체모 때문에 괴로웠다. 동양인 특유의 눈썹이 싫었다. 짧고 빳빳하며 비스듬하게 달린 속눈썹은 견딜 만했지만, 날마다 눈꺼풀을 침범하는 눈썹은 그야말로 재앙이었다. 새카만 침입자를 잡으려다 오히려 살갗만 집어대기 일쑤지만, 족집게로 눈썹 뽑는 일에 시간을 허비했다. 특히 침대에서 책을 읽다가 갑자기 신경 쓰여 작은 스탠드 불빛 아래서 지칠 줄 모르고 눈썹 뽑기에 매달릴 때가 많았다. 때로는 아직 보이지도 않는 털까지 뽑으려다 늦게까지 잠들지 못했다.

엄마와 가까운 피부 관리사의 말을 듣고 눈썹을 가느다란 초승달 모양으로 만든 적도 있었다. 털이 수북한 눈썹을 좋아하던 당시 남자 친구는 수풀이 다 어디 갔느냐고 장난쳤다. 그는 내 고된 노력을 헛수고라고 생각했다. 나도 그렇게 생각할 수 있다면 좋았을 텐데.

팔과 허벅지는 매끈하고, 종아리에도 털이 별로 없어 만족스러웠지만, 발가락과 손가락 첫마디 털 때문에 또 괴로웠다. 거기 자란 털을 필사적으로 뽑고 나면 거의 깨끗해진 기분이 들었다. 하지만 '완전히'가 아닌 '거의' 깨끗한 상태였다. 방금 한 일을 떠올리는 것만으로도 부드럽고 매끈해진 손발을 보는 기쁨이 사라졌다.

음모는 비교적 균형을 갖추고 좁은 삼각 지대를 이루고 있었지만, 모양을 똑바로 유지하지 않아 짜증났다. 샤워 후에는 곱슬곱슬했고, 속옷 안에서는 털 뭉치가 엉킨 채로 축 늘어졌다.

자연스럽게 녹아들어 눈에 띄지 않고 싶은 바람은 외모 때문에 번번이 좌절되었다. 어쩔 수 없었다. "내 눈은 꼭 프랑스 사람 눈처럼 생겼어."라며 어릴 때부터 우기고 오빠의 가느다란 눈이나 남미 어딘가에서 온 사람의 눈을 놀려도, 원하든 원치 않든 나는 엄연한 한국인이었다. 거울만 봐도 이 사실은 너무나 분명했다.

나는 그냥 한국인이 아니었다. 내 정체성은 그보다 더 복잡

했다. 나는 미현이었다. 딸아이 등에 난 몽고반점을 멍으로 오해하고 놀란, 새로 만난 엄마의 미현이었다. 엄마는 야위고 반점이 있는 아이를 소아과에 데려갔고, 비슷한 아이를 이미 본 적 있는 의사가 엄마를 안심시켰다. 반점은 아시아 아이의 특징이었다. 입양의 흔적이었다.

나는 미현이었다. 수천 명 속에서도 눈에 들어오는 몸을 가진 미현. 다리와 팔의 주름진 살갗 위에 커다란 꽃 두 송이가 수놓아져 있었다. 흉터의 존재를 인정하고 싶지 않았다. 어떻게 해서 생겼는지 모르기 때문이었다. 이 흔적 때문에 가슴이 떨린 적이 여러 번 있다. 나처럼 허벅지에 화상 입은 소녀가 육상 경기에 나설 때면 온몸이 떨려왔다. 누가 이 치욕의 표식을 볼까 봐 두려울 때도 마찬가지였다. 연인에게는 절대 보여주고 싶지 않았다. 나를 밀어낼까 봐 두렵기보다는, 듣고 싶지 않은 위로의 말로 흉터에 나름의 의미를 부여하는 걸 원치 않았다. 어른이 되어서 흉터를 제거할지 고민하기도 했지만, 곧 그만두었다. 흉터가 사라져도 그 유령 때문에 괴로울 게 뻔했다. 제대로 이해받으려면 예전에 여기 흉터가 있었다는 설명부터 해야 할 테니까. 그래서 시간이 나면 부드러운 손톱 버퍼나 각질 제거용 돌로 흉터의 볼록한 부분을 조금씩 갈아내는 것으로 만족했다. 이 정도 눈속임은 스스로 허용할 수 있었다. 외과의사의 능숙한 손길보다 덜 낯선, 나만의 방책이었으니까. 흉터를 완전히 지우려면 정신과 의사도 필요했을 것이다.

평가에 대한, 특히 부정적인 평가에 대한 두려움이 너무 커져 결국 전문의를 찾았다. 마음의 짐을 조금이나마 덜고 싶었다.

의사에게 고백하고 싶었다. 나와 연결된 모든 것에서 나쁜 취향이 드러날까 봐 두렵다고. 심지어 슈퍼에서 계산할 때조차 물건을 컨베이어 벨트에 올릴 때면 사람들이 나쁘게 볼까 봐 겁이 났다. 냉동식품, 즉석식품, 통조림은 절대 고르지 않았다. 반드시 과일과 채소를 담았다. 그건 깨끗하고 건강한 삶을 상징하니까.

화장지를 사면 장바구니에 숨겨 집으로 돌아왔다. 누가 주방에 드나들다 볼지도 모른다는 생각에 장보기 목록에는 "화장지(papier W.-C.)"라고 쓰지 않고 "PVC"라고 적었다. 줄임말에는 단어의 첫 글자를 써야 한다는 기본 규칙을 일부러 어기면서.

몸의 쾌락을 찾아가는 길도 순탄치 않았다.

사건 자체는 사실 아주 평범했다. 하지만 엄마가 그 이야기를 계속 꺼내 때로는 견디기 어려웠다.

일곱 살 때쯤, 한 소년을 따라 정원 오두막으로 향했다. 나중에 소년은 동네를 시끄럽게 만든 주인공이 되었다. 그는 내 알록달록한 테리 소재 팬티를 내리고 다리를 쓰다듬었다. 내 몸에 쏟아지는 관심을 신기하게 바라보던 그때, 엄마의 목소리가 크게 들려왔다.

엄마는 오두막에서 뭘 했는지, '병원 놀이'를 했는지 물었다. 그렇다는 대답을 기대하는 눈치였다. 엄마가 무슨 말을 하는지 잘 이해되지 않았다. 병원 놀이를 들어본 적 있지만 그때 상황과 연결할 수 없었다. 그래서 그냥 "응"이라고 했다.

짜릿한 경험을 흔해 빠진 말로 요약하고 싶지 않았다. 하지만 엄마를 안심시키려면 아무것도 아닌 척해야 했다.

첫 경험의 커다란 기쁨을 제대로 받아들이지 못한 걸 시간이 지나서야 후회했다. 어떻게 보면 첫 경험을 엄마에게 바친 셈이었다.

둘만의 순간을 떠올릴 때마다 내가 비겁했다는 사실 때문에 부끄러웠다. 무슨 일이 벌어지는 건지 제대로 알지도 못한 채 그가 내 옷을 벗기고 만지도록 내버려둬서는 안 되었다.

엄마가 손님들에게 이 이야기를 들려줄 때마다 나는 내 나약함에 몸부림쳤다. 내가 얼마나 순진한지 강조하고, 얼마나 위험했는지 언급할 때마다 나는 "정말? 내가 그랬다고? 난 기억이 안 나는데!"라고 받아쳤다. 특별한 모험을 계속 배신하고 말았다.

나는 철저히 무능력했다. 몸을 성적 욕망과 쾌락의 도구이자 성생활을 즐길 수 있는 존재로 받아들이지 못했다. 이 사실은 첫 월경을 알리는 희한한 방식에서도 잘 드러났다. 브라이언 드 팔마의 영화 〈캐리〉 속 주인공처럼 무지한 건 아니었다. 월경이 무엇인지 잘 알고 있었다. 모순된 구석이 많은 엄마는 아동용 성교육 도서를 읽어주면서 -어쩌면 나만 그렇게 느꼈는지 모르겠지만- 이상하게도 우리 요청에 따라 성경 이야기를 함께 들려주었다. 게다가 여섯 살 무렵부터 매년 찾아와 우리 몸의 신비로운 작동 원리를 설명해 준 선생님 덕분에 나는 실전 경험은 없어도 에로 소설을 쓸 정도의 지식은 충분했다. 하지만 언젠가 반드시 겪을 일이란 걸 분명히 알았는데도 막상 그날이 찾아오자 바보같이 굴었다. 난처한 상황에 부딪히면 이성적으로 대처해 남에게 줄 피해나 불편을 덜기보다, 이상하게도 바보같이 행동하는 경향이 있다.

어느 화요일 오후, 영어 수업 시간이었다. 몇 달 전부터 생리가 터지길 애타게 기다렸다. 또래보다 시작이 늦어 은근히 불안했다. 너무 늦게 여자가 되면 매력이 없을 거란 걱정도 들었다. '여자가 된다'는 게 정확히 무슨 의미인지는 몰랐지만, 첫 월경이 그 말의 그럴듯한 기준이 될 것 같았다. 드디어 그 순간이 온 것 같아 기쁜 마음으로 화장실에 다녀오겠다고 조용히 양해를 얻었다. 차분히 상황을 수습하고 문득 엄마에게 알려야지 싶었다. 마침 할머니 댁에서 하룻밤을 보내기로 해 이 소식을 할머니를 통해 조심스럽게 전하기로 했다.

화장실에서 할머니를 불렀다. "할머니, 보세요! 팬티에 피 묻었어요!" "아이고, 우리 강아지, 생리 시작했구나! 속옷 안

더럽히게 생리대 갖다줄게. 엄마한테 말해둘 테니까 내일 집에 갔다가 학교 가렴." 할머니께서 말씀하셨다.

자부심과 수치심이 뒤섞인 그 시절 감정의 정체를 지금도 잘 모르겠다. 성경과 생활의 이치를 함께 익힌 탓일까? 아니면 단순히 엄마에게 더는 순수해 보이지 않을까 봐? 그 시절 내 세상은 엄마가 전부였다.

엄마의 인정을 갈구하는 끝없는 집착은 성(性)을 부정하는 또 다른 일화에서도 드러났다. 처음으로 진지한 연애를 시작했을 때의 일인데, 사실 그는 세 번째 남자 친구였다. 이 관계는 괴로울 만큼 성이 지나치게 지배적이었다.

그와 처음으로 데이트한 저녁이 생생히 기억난다. 처음 키스를 하는데 그가 내 팬티에 손을 넣어 충격을 크게 받고 집에 돌아왔다. 그가 나를 정말 사랑한다고 믿었는데, 이런 노골적인 행동은 내 믿음과 너무나 상반되는 일 같았다. 그는 내가 처음으로 육체적 친밀함을 나눈 남자였는데, 그건 내가 미처 원하기 전에 일어났다.

그는 섹스에 집착했다. 우리 관계가 3년이나 지속되지 않았다면, 밤에는 끈질기게 굴지만 낮에는 한없이 다정하지 않았다면, 나는 그가 감정은 제쳐두고 몸만 탐한다고 생각했을지도 모른다. 하지만 반대로 그는 열정적이고 헌신적이며 한결같았다. 다만 욕망이 깨어나면 폭력적이지는 않아도 이해하기 어려울 만큼 이기적이고 맹목적으로 변했다.

우리의 첫날밤은 끔찍할 만큼 고통스러웠다. 몸도 마음도 준비가 전혀 되어 있지 않았다. 그는 진짜 중요한 순간을 위한 준비라며 자기 몸을 밀어 넣었다. 나는 베개를 물어뜯고 그를 향한 사랑과 우리의 미래, 앞으로 태어날 아이들, 그리고 수많은 일을 떠올리려 했지만 소용없었다. 고통이 번개처럼 몰아쳤고, 첫 경험은 그저 그렇게 끝났다.

나중에 엄마가 -바로 그날 밤인- 크리스마스이브에 내가 소파에서 잤는지 물었을 때 거짓말할 수밖에 없었다. 엄마는 진실을 듣고 싶어 하지 않았다. 엄마가 원한 진실은 그저 "응"이라는 대답이었다. 그래야 내가 달라진 게 없고, 아픔 따위는 모른다고 믿을 수 있을 테니까. 나는 남자 친구의 거친 공격보다 엄마의 염려를 감당할 준비가 되어 있지 않았다.

얼마 후, 우리는 다시 한 번 서로의 몸을 탐험하고 있었다. 정확히 말하자면, 그가 쾌락을 느끼는 동안 나는 그저 느껴보려 애쓰는 중이었다. 방문을 닫아두었는데, 갑자기 엄마가 나를 부르며 부엌에서 내 방까지 이어진 다섯 계단을 성큼성큼 올라오는 소리가 들렸다. 우리는 소나무로 만든 1인용 침대에서 벌떡 일어났다. 나는 재빠르게 원피스를 걸치고 문을 열었다. 먼저 엄마는 별것 아닌 질문으로 올라온 이유를 대더니, 훨씬 위험한 질문을 이어 했다. "친구는 어디 있어?" 그때 입에서 튀어나온 바보 같은 대답이 아직도 생생히 들린다. 연인과 비밀, 은밀한 순간이 모두 드러나게 대답해 버린 나 자신이 너무나 원망스러웠다. "문 뒤에!"

시간이 흘러서도 그 순간을 자주 떠올렸다. 엄마가 문 뒤에서 벌어지고 있던 일을 전혀 짐작하지 못했다는 것도, 아무것도 모른 채 내게 그런 고백을 끌어냈다는 것도 믿기지 않았다. 내 당황한 기색과 흐트러진 옷매무새를 보고 말이다. 혹시 엄마는 이후 오랫동안 나를 괴롭힐지도 모를 일로부터 나를 지키고 싶었던 걸까? 하지만 역설적으로 보호하려는 그 마음이 오히려 나를 방탕으로 이끌었다. 오랜 시간이 지난 후에도 예전의 지나친 순종을 만회하려는 듯, 나는 몸을 나누길 두려워하지 않는다는 걸 스스로 증명했다.

막차를 타고 집으로 돌아가던 어느 날 밤, 뒤에서 발소리가 들렸다. 신중히 기다렸다가 지하철 근처 백화점이 있는 훤한 곳에서 돌아보기로 했다. 가로수길 어둠 속에서 불필요한 마찰을 피하고 싶은 데다 두려워하는 걸 들키고 싶지 않았다.

마음먹은 자리에 도착해 계획대로 최대한 침착하게 뒤를 돌아보았다. 남자는 키가 크고 비쩍 마른 사람이었는데, 그늘 속에서 흐릿한 눈동자로 나를 뚫어지게 바라보았다. 더러운 청바지 밖으로 튀어나온 자기 성기를 만지며, 그는 내게 다리를 보여달라고 명령했다. 내가 보는 것만으로는 부족한 듯 곧 난폭하게 변할 기세였다. 단순 노출증 환자가 아닐 수도 있다는 생각이 들자 더욱 무서워졌다. 심장이 뛰고 관자놀이가 쿵쾅거렸다. 하지만 어떻게든 그가 다가오지 못하게 해야 했다.

나는 심각하지 않은 척하며 상황이 더 나빠지는 걸 막았다. 나는 그에게 한심하고 불쌍하다며 그만 집에 가는 게 좋겠다고 했다. 심지어 대담하게 내가 가려는 방향과 정반대 쪽을 가리키며 말했다. 그는 점점 더 위협적인 목소리로 다리를 보여달라고 끈질기게 요구했다. 나는 같은 말을 천천히 되풀이했다. 영원과 같은 시간이 흐르고, 그는 한 걸음 정도 거리를 남겨두고 전보다 기세가 누그러진 목소리로 마지막으로 한 번 더 요구했다. 하지만 단호하게 거부하자 결국 내가 가리킨 방향으로 발길을 돌렸다.

그가 시야에서 완전히 사라질 때까지 기다렸다가 셋을 세고, 되돌아오지 않는지 확인한 뒤 어둠 속에서 집까지 전력 질주했다. 숨이 턱까지 차올라 집에 도착해 엄마에게 방금 겪은 끔찍한 일을 털어놓았다. 그 폭력적이고 음울한 남자를 마주쳤을 때 시체인 줄 알고 얼마나 무서웠는지 설명했다.

엄마는 나보다 더 심하게 불안에 떨며 물었다. "제대로 본 거 맞아?"

한 남자 때문에 내 머릿속에서 말과 행동의 경계가 흐려진 일이 있었다.

스페인의 동굴집에서 여름을 보냈다. 일행이 준비한 파에야를 맛있게 다 먹고 나서 한 남자가 마을 외곽에 파놓은 우물을 보러 가자고 제안했다. 어쩌다 보니 나는 이미 그의 차에 있었다.

가는 동안 이런저런 질문이 오갔다. 그러다 갑자기 그는 한동안 나를 괴롭힌 이상한 질문을 던졌다. 이미 여자가 되었느냐는 것이었다. 무슨 의도로 한 말인지 정확히는 몰랐지만 부적절한 말이라는 것만은 알 수 있었다. 허벅지 맨살을 스치는 남자의 손이 불쾌했다. 생리를 시작했는지 물은 걸까, 아니면 관계를 맺은 적이 있는지 물은 걸까. 두려움 속에서 생각해 봤지만, 어느 쪽인지 판단할 수 없었다. 두 번째 질문을 한 거라고는 생각조차 하기 싫었다. 당시 나는 겨우 열세 살이었다. 그리고 스페인의 이런 작고 외진 마을에서 그런 질문을 한다는 건 나를 조금도 존중할 필요 없는 쉬운 여자로 취급하는 것과 같았다.

겨우 차에서 무사히 벗어나 안도하며 엄마에게 무슨 일이 있었는지 작은 소리로 속삭였다. 내가 언어에 소질이 있다는 것과 스페인어로 '여자'를 뜻하는 단어 '무헤르(mujer)'를 배웠다는 걸 엄마는 잘 알고 있었다. 그럼에도 엄마는 내가 그의 말을 제대로 이해하지 못했을 수도 있다고 하며, 그래도 혹시 모르니 "더는 그와 단둘이 두지 않겠다"라고 단호히 말했다.

이듬해가 되어 여동생이 그 남자가 자꾸 다가와 몸을 밀착한다고 불평하자 엄마는 그와의 교류를 완전히 끊어버렸다. 그제야 나는 1년 전 그날의 느낌이 틀리지 않았음을 확신할 수 있었다.

다마스쿠스에서 꽤 굴욕적인 일이 있었다. 애인과 함께 도시의 작은 식당을 찾았다. 마늘과 레몬, 올리브유를 섞은 소스와 함께 맛있는 닭고기 특선 요리만 맛볼 수 있는 곳이었다. 식사를 마칠 무렵, 직원이 테이블을 정리하다가 서두르는 바람에 소스 그릇을 나에게 엎지르고 말았다. 순식간에 옷에 소스가 잔뜩 묻어버렸지만, 젊은 직원이 걱정 가득한 눈으로 진심으로 미안해하자 그냥 넘어가기로 했다. 괜찮다고, 누구나 실수하는 법이라고 몸짓으로 전달했다. 이런 작은 가게에 찾아오는 외국인이 드물다는 걸 나는 잘 알고 있었다. 주인은 화가 났고, 우리는 자리를 옮겼다. 그런데 갑자기 상황이 악몽으로 변했다. 애인의 등 뒤에서 젊은 직원은 갑자기 태도를 바꿔 불쾌하고 거슬리는, 매우 음란한 표정을 지었다. 그만두라고 손짓하자 그는 오히려 더 신이 나서 괴롭혔고, 결국 나는 자리를 뜨자고 하는 수밖에 없었다. 밖으로 나와 나는 애인에게 남자의 충격적인 행동을 털어놓았다.

애인은 당연히 격분했다. 그는 나에 대한 무례에 화를 내며, 내가 당당히 화를 내고 직원에게 눈길도 주지 말고 나왔어야 한다고 쏘아붙였다. 남자가 내 태도를 너무 가볍게 받아들인 것 같다고도 했다. 나는 더는 신경 쓰지 말자고만 했다. 하지만 화장실에 바닥에 쪼그리고 앉아 치마에 밴 진한 냄새를 지우면서, 대체 언제쯤 사람들이 내 마음을 제대로 알아줄까 생각하며 울었다.

남자관계는 대체로 원만했지만, 때때로 격렬했다. 대부분 내 잘못이었다.

남자 셋의 뺨을 때린 일이 여전히 생생하다. 떠올릴 때마다 여전히 몹시 부끄럽다.

처음 따귀를 때렸을 때 나는 아직 어른이 아니었다. 상대는 정말로 착했다. 내게 처음으로 호감을 보여준 아이였다. 이 사건을 생각하면 프랑수아 오종의 영화 〈크리미널 러버〉가 떠오른다. 나타샤 레니에가 연기한 여주인공이 애인에게 한 젊은 남자를 죽여 달라고 부탁하는데, 일기를 통해 사실 그녀가 청년에게 반했다는 사실이 드러난다. 이 폭력적인 행동을 제대로 설명하기는 어렵다. 그저 깨어난 여성성을 드러낸 방법이라고 말밖에는. 나는 암탉처럼 날카로운 소리를 지르며 마치 보란 듯이 그의 뺨을 후려쳤다.

내가 저지른 잘못을 절대로 용서할 수 없었다. 그래서 그 뒤로 바쁘더라도 시간을 내서 그와 사이좋게 지내려고 했다. 과거의 잔인함에 대한 죄책감을 강박처럼 떠안고. 내가 어릴 때 저지른 폭력적이고 어리석은 짓 말고도 물론 그에게는 다른 걱정거리가 있었을 테지만.

두 번째도 마찬가지로 사소한 이유에서였다. 애인과 서울의 번화가, 명동에 갔다.

애인이 화장실 때문에 호텔로 돌아가자고 했다. 예쁜 옷을 실컷 사고 싶어 그러기 귀찮다고 하니, 그는 쇼핑은 중요한 일이 아니니 나중에 하자고 했다. 쇼핑이라는, 내게는 거의 절대적이고 형이상학적인 욕망을 전혀 이해하지 못한 말에 화가 나 그의 뺨을 때리고, 그렇게 흥분한 내 모습이 창피해 도망쳤다. 내 난폭한 행동이 얼마나 부당한지 알았기에 그를 다시 보기가 민망해서 잠시 기다렸다. 시간이 흐르면서 애인이 보고 싶기도 하고 걱정도 점점 커졌다. 그도 내가 돌아오길 조금이나마 원하기를 빌었다.

세 번째 따귀도 같은 남자의 몫이었다. 또 여행 중이었는데, 이번엔 캐나다였다. 여러 이유로 불안이 절정에 달해 그에게 마음을 털어놓았다. 힘들어하는 모습이 안타까웠는지 그는 정신과 상담을 받아 불안의 원인을 찾아보라고 했다. 그도 역시 정신과 상담을 받는 중이라는 걸 잘 알면서도 나는 고맙다고 인사하기는커녕 "내가 미친 것 같아?"라고 소리치며 뺨을 때렸다. 그러고는 울음을 터뜨려 결국 내가 제정신이 아님을 증명했다.

산에서, 더 정확히는 스키 수학여행에서 유혹의 역사상 가장 쓰라린 실패를 맛보았다.

우리 여자아이들은 마지막 밤에 열릴 파티에서 여성미를 분출해 남자아이들 코를 납작하게 해주기로 작정했다. 그렇게 가장 예쁜 옷을 골라 입고 꾸미기에 돌입했다. 수학여행 배낭에서 그럴듯한 옷을 찾기란 쉽지 않았지만, 그래도 최선을 다했다. 화장실에서는 경험자들이 초보자에게 화장을 가르쳐주었다. 이 입문식에 너무 열중한 나머지, 나는 아이라인 막대가 눈의 흰자위를 찔러 지워지지 않는 작은 점을 남겼는데도 눈 한 번 깜빡하지 않았다.

나는 번쩍이는 스트로보 조명 속에서 활짝 웃으며 등장했지만, 반응은 얼음장 같았다. 그렇게 분칠하니 오히려 못생겼다며, 크리스티나처럼 자연스러운 모습이 더 좋다고들 했다. 사랑이라는 이름의 시험 앞에서 굴복하지 않은 그 여자아이들, 그 배신자들이! 노력이 물거품으로 돌아간 건 상관없었다. 하지만 늘 함께 놀던 친구들이 가혹하게 비판하자 상처받고 말았다. 그 비판 때문에 우리는 예전으로 돌아갈 수 없을 만큼 멀어져 버렸다.

유혹하면 생각나는 또 다른 일이 있다 -내게 유혹과 관련 없는 일이 있기는 할까?- 공원에서 나보코프의 『롤리타』를 읽고 있었다. 주인공에게 몰입해 그해 여름에는 커다란 밀짚모자를 샀다. 그 모자는 원피스 수영복과 우아하게 잘 어울렸다. -나중에 나이를 알게 된- 삼십 대 남자가 다가와 함께 이야기를 나누기 시작했다. 열네 살의 나는 가볍고 신선한 구애가 더없이 즐거웠다. 그 순간이 너무나 즐거워 그를 진지하게 알아보고 싶었다. 자기소개에 서툰 나는 이름과 직업을 대놓고 물어보았다. 그는 로잔의 베르사체 매장에서 일했다. "베르사세?"라고 되묻는 내가 얼마나 바보 같았는지! 단어를 정확히 알면서도, 그의 흠 잡을 데 없는 베이지색 리넨 바지를 앞에 두고 남성적 우아함을 대표하는 브랜드 이름을 알고 있다는 사실이 어쩐지 민망해 모르는 척했다. 비싼 명품을 찾는 천박한 사람을 향한 엄마의 쓴소리가 순간 떠오른 탓이다. "허세만 부리지 않으면 같은 자리에서 입을 옷을 훨씬 합리적인 가격으로 살 수 있을 텐데." 하던 말이. 우리 집에서는 브랜드 이름보다 '테스토스테론'이라는 단어가 덜 낯부끄러웠다. 차라리 그 자리에서 그 단어를 입에 담는 게 덜 무모하게 느껴질 만큼. 어쩌면 남자가 다시 한 번 내 귓가에 "베르사체"라고 속삭이길 바란 건지도 모르겠다.

이후 베르사체 매장을 볼 때마다 얼굴이 화끈거렸다.

어느 우아한 이탈리아 사람 앞에서 "페라가노"라고 말한 적도 있었다. 그는 곧바로 "페라가모"라고 정정해 주었다.

나중에 나는 학교에서 이탈리아어로 기적을 이루었다.

열다섯 살 무렵, 스물두 살의 매력적인 이탈리아인을 만났다. 그 덕분에 내 안의 관능에 눈을 떴다. 냉정하고 이성적인 겉모습 아래 꿈틀대는, 민감하고 욕망으로 가득한 본능을 알아차리게 되었다. 그는 나를 끝없이 꿈속으로 이끌었다. 나는 그를 완전히 사로잡고 싶어 최선을 다했다.

내 손으로 황홀한 맛을 보게 해주려고 저녁 식사에 초대하고 성대한 만찬을 준비했다. 오후 내내 부엌에서 요리하고 풍미 가득한 음식들을 다른 누구와도 나누고 싶지 않다는 듯이 내 방, 나만의 공간으로 옮겼다.

그가 도착했다. 미소는 달콤하고 눈빛은 다정했다. 그는 책상에 앉아 감동 속에서 내 솜씨를 맛보았다. 한 입 먹자마자 무척 놀란 듯했다. 늘 여유롭고 침착한 모습만 보아왔기에 반응이 의아했다.

이번엔 내가 맛을 보았다. 중국식 수프에서 끔찍한 비누 맛이 났다. 바로 깨달았다. 레시피의 '생강 두 조각'을 '생강 두 뿌리'로 잘못 읽었다. 얼굴이 달아올랐다. 최음제로 알려진 향신료를 과하게 넣었다는 사실이 너무 우스웠다. 마치 숨기고 싶었던 내 의도를 생강이 폭로한 것만 같아 몹시 부끄러웠다.

유혹하고 싶은 속내가 낱낱이 드러나 부끄러웠던 탓일까. 나는 그 후 10년 동안 향수조차 멀리했다. 첫 명품 향수는 친구 어머니께서 선물로 주신 '피지'로, 신선한 꽃향기가 났다. 열네 살 때였다. 그다음은 오빠가 선물한 향수를 썼다. 오빠는 우리 형제자매 중 처음으로 사치스러운 꿈을 감행한 사람이었다. 디올의 '쁘아종'이 내 첫 여성용 향수였다. 할머니와 외삼촌은

탐탁지 않아 했지만, 나는 좋아했다. 무척이나 자극적인 향과 진한 보랏빛 유리병으로 나는 콘스탄티노플의 고급 매춘부가 된 듯했다. 하지만 친구들이 까샤렐 만한 향수가 없다고 단언하자 그대로 따랐다. 후각이 예민하지 못했던 나는 향수를 고를 때 오직 상상력에 의존했다. 관능적이고 매혹적인 여인들로 가득한 역사소설을 읽으며 만든 내 취향보다 친구들의 말이 더 믿을 만해 보였다. 그래서 '아나이스'를 골랐다. 그 선택이 얼마나 평범한지 몰랐기에, 아니 어쩌면 바로 그 이유로, 나중에 마찬가지로 까샤렐의 '루루'를 썼다. 10년 뒤 다시 향수를 쓰기 전까지 그게 내 마지막 향수였다.

이런 사치품을 멀리하게 한 사건은 비록 사소한 일이었지만 그 영향은 오래갔다. 미국 교환학생 시절, 당시 남자 친구인 독일 교환학생 칼과 함께 밀워키에 있는 초대형 놀이공원, 아메리칸 파이브 플래그스에 가는 날이었다. 칼의 호스트 아빠가 우리를 데려다주기로 했는데, 그는 매우 친절하고 교양 있고 점잖은 분이었다. 안타깝게도 내게 배정된 호스트 가정과는 정반대로, 그는 칼에게 진심으로 잘해주었다. 칼은 내 향수를 무척 좋아해서 "루루, 루루, 루루" 하며 그 이름을 노래하곤 했다. 그날 나는 칼을 기쁘게 할 작정으로 향수를 평소보다 더

많이 뿌렸다. 차에 타자마자 좋은 선택이 아니었단 걸 깨달았다. 칼도, 그의 호스트 아빠도 아무 말 하지 않았지만, 계피 향에 숨이 막혔다. 다행히도 놀이공원은 야외였지만, 가는 내내 나는 몹시 천박하고 불쾌한 사람이 된 것 같아 괴로웠다.

마찬가지로 얼굴이 화끈거린 경우가 또 있었다. 애인이 내 속옷을 보고 별 뜻 없이 말했다. "레이스 좋아해?" 목소리나 눈빛에 뭔가가 있었을까. 아니면 말투가 다정하지 않아서 그랬을까. 마치 취향이 형편없고 촌스럽다고 꾸짖는 말로 들렸다. 어렵지만 가까워지려고, 매력적으로 보이고 싶어 노력했는데 무시당하고 평가절하당한 것 같아 참담했다. 상대방의 의견이나 욕망에 더는 신경쓰지 않기로 했지만, 옷을 벗고 늘 똑같이 검은색이나 흰색 면 속옷 세트가 드러날 때마다, 너무 금욕적으로 보이지 않을지, 수녀 같은 차림이 과연 매력적일지 걱정되었다.

이런 자신감 부족은 같은 여자들과의 관계에서도 드러났다. 남자들과 함께 있을 때 명랑하게 마음을 열고 재치 있는 농담을 던지다가도 여자가 한 명이라도 나타나면 금세 위축됐다. 경쟁을 피하려는 것인지, 아니면 무시당할 위험을 염려해서인지 나는 스스로 물러섰다. 함께 있는 남자에게 아무리 깊은 애정을 품고 있어도, 심지어 연인 관계가 걸려 있을 때조차도 즉각적으로 그렇게 반응했다.

친구들과 다른 뿌리가 자랑스러웠지만, 동시에 그 차이 때문에 가끔 깊은 혼란과 아픔을 겪었다.

특히 일본인인지 물어오면 정말 난처했다. 한국인이라고 설명할 때마다 "아! 올림픽 했던 나라!"라는 단순한 대답이 돌아왔다. 그럴 때마다 첨단 기술 강국 일본과 신비로운 중국 사이에서 존재감 없는 막냇동생 같은, 그 미지의 나라 출신이라는 사실이 초라하게 느껴졌다.

입양 이유가 궁금한 사람들 앞에서는 그들의 무지에 얼굴을 붉히면서도, 내가 태어나기 조금 전에 전쟁이 있었다고 조심스레 말할 수밖에 없었다. 사실, 한국에 대한 사람들의 어리석은 말을 모두 내 탓처럼 받아들였다. 매력 없는 나라 출신인 게 마치 내 잘못처럼 여겨졌다.

어른이 되고 나서의 일이다. 한국 여행을 함께 다녀온 두 친구가 한국에 열광하는 모습에 용기를 얻어 당시 사귀던 남자친구와 한국 식당에 가기로 했다. 그는 기꺼이 동행하며 내게 그런 나라에서 태어난 데 자부심을 가지라고 했다. 하지만 요리를 칭찬하려다 그의 빈약한 논리가 무너지면서 우리가 애써 세운 가림막 뒤에서 나는 벌거벗은 채 상처받고 말았다. 그는 "한국 요리는 자극적이지 않다"라고 말하려다 실수로 "한국 요리는 매력적이지 않다"고 뱉어버렸다. 아마도 고요한 아침의 나라에서 날아온 요리의 본질을 제대로 이해했다는 걸 보여주고 싶었던 것 같다. 소박하지만 맛있는 음식이라고 말하고 싶었던 거겠지. 하지만 그 말에서 내가 읽은 건 그가 일본 음식을 더 좋아한다는 것, 그리고 우리가 내 고국을 함께 방문할 때가 아직 멀었다는 사실뿐이었다. 그는 나를 기쁘게 해주고 싶었지만 방법을 몰랐고, 나 역시 상대의 생각을 내 뜻대로 이끌고 싶으면서도 정작 내가 태어난 나라의 진짜 매력을 확신하지 못했다.

때때로 내가 아시아인이라는 사실을 잊어버렸다. 그럴 때마다 현실은 더욱 날카롭게 들이닥쳤다. 두 사건이 또렷이 기억난다.

첫 번째는 꽤 순수했다. 한 꼬마가 나를 “중국 놈”이라고 불렀다. “중국 놈”이라는 말에 조금도 공감할 수 없어 나는 엄마에게 하소연했다. 내 심정을 이해한 엄마는 농담도 정도껏 해야 한다면서 그 말썽꾸러기를 단단히 혼내주겠다며 학교로 향했다.

그런데 엄마는 문제의 그 아프리카계와 스위스인 혼혈 귀여운 꼬마를 보자마자 폭소를 터뜨렸다. 아이를 혼내기는커녕 -난 복수를 바란 게 아니라 단지 잘못된 인식을 바로잡아 주기를 원했을 뿐인데- 오히려 그 아이의 시선에 동조하면서, 그 아이와 내가 다르지 않다는 것, 우리 모두 이방인이라는 사실을 일깨워 주었다.

또 어느 날에는 집으로 가는 전차 안에서 한 노인이 내게 집으로 돌아가라고 고압적인 말투로 윽박질렀다. 순간 당황한 나는 지금 그러는 중이라고 대답했다. 말을 뱉고서야 그게 아시아로 돌아가라는 말이란 걸 깨달았다. 내가 제네바 사람으로 보이지 않는다는 사실을 잊고 있었다. 증오와 차별이 가득 담긴, 가슴 아프게 하는 말을 그대로 돌려주고 싶었지만 나는 이미 집에 도착한 뒤였다.

수년 후 파리에서의 일이다. 부코스키[3]를 떠올리게 하는 한 멋진 노인이 내게 "쌀이나 먹어!"라고 소리쳤다. 마침 함께 있던 파리지앵 친구 두 명이 특유의 거침없는 말투로 그에게 쏘아붙였다. 다시 한 번 그런 헛소리를 지껄이면 뱉은 말을 도로 삼키게 해주겠다면서, 패배자 주제에 잘난 척 말라고, 밤에 혼자 텔레비전이나 보면서 처먹을 인간이라고 몰아세웠다. 그렇게 독설을 서너 마디 더 퍼붓고 버스에 올랐다. 나는 노인의 말에 조금도 상처받지 않았다며 오히려 친구들이 너무 심하게 나간 것 아니냐고 했다. 하지만 그들은 분통을 터뜨렸다. 노인이 중얼거린 말도 들었다는 것이다. 낭트 시장은 한심한 좌파다, 자기 할아버지는 다른 낭트 놈들처럼 빌어먹을 노예 상인이었다, 그래도 위선적인 사회주의자보다는 차라리 건전한 파시스트가 낫다고 떠들었다고 했다. 두 남자가 함께 있을 때 이런 말을 할 수 있는 사람이라면 내가 혼자일 때는 얼마나 더 끔찍한 말을 할지 뻔하다며, 이런 말을 듣고 절대로 그냥 넘어가

3) 찰스 부코스키(Charles Bukowski, 1920~1994) : 미국의 아웃사이더 시인.

서는 안 된다고 했다!

그들은 정의를 세워주었다. 오랜 불의가 바로잡히기까지 스물일곱 해가 걸렸다. 그것도 막 알게 된 두 청년 덕분에 가능한 일이었지만, 그 순간 내 마음은 평온해졌다.

많은 사람이 "사요나라!" 혹은 "니하오!" 하며 말을 걸었다. 그때마다 할 말이 없었다. 내가 두 언어 모두 욕 한 마디 제대로 모른다는 게 너무 답답했다. 아는 말은 고작 "모시모시"나 "셰셰" 정도라 이런 말로는 대화를 단번에 차단할 수 없었다. 그저 당황해 멀뚱히 서 있었다. 물론 바로 라틴어로 받아쳐 아는 척하거나 되갚아줄 수도 있겠지만, 그 언어마저도 단번에 입을 다물게 할 만한 말은 몰랐다. 사실 고백하자면, 기초 문법을 배운 여러 유럽어보다 일본어나 중국어 같은 먼 나라 신선한 언어가 더 끌린다.

구직할 때마다 두려웠다. 프랑스식 이름에 품은 기대를 내가 저버릴까 봐, 예비 고용주의 실망한 표정이 곧 억지 미소로 변할까 봐. 그래서 사람들이 미리 마음의 준비를 하게 했다. 내가 중국인처럼 생겼다고 미리 말했다. 정확한 건 중요하지 않았다. 그저 이미지를 쉽게 그릴 수 있게 하고 싶었다. 일본인처럼 생겼다는 말은 감히 꺼내지 못했다. 일본인이라고 하면 좀 건방져 보일 수 있을 테니까. 어쨌든 아시아 출신이라는 언급을 절대 잊지 않았다.

큰 웃음이 터질 뻔한 해프닝도 한 차례 있었다.

세르비아인 친구와 티치노 출신 친구의 결혼식이 시골의 작은 시청에서 열렸다. 시장은 신랑의 길고 아름다운 이탈리아 이름, 마태오 미켈란젤로 벨로키오를 발음하는 데 무척이나 애를 먹더니, 신부와 증인의 세르비아 이름에는 더욱 난처해했다. 그러다 내 이름을 술술 읽고 뿌듯한 표정으로 고개를 들더니, 나를 보고 깜짝 놀랐다. 내 이름 때문에 당황한 것 같아 나는 예쁜 미소로 화답했다.

이런 재미있는 일화는 하나지만 비참한 기억은 수백 개다.

누군가 아시아 문화를 이야기하고, 어김없이 나를 보며 확인받고 싶어 할 때가 가장 괴로웠다. 그런 일은 심지어 대학에서도 일어났다. 나는 실망시키고 싶지 않아 잘 모르면서도 그저 수줍게 고개를 끄덕이곤 했다.

진정한 유럽인답게 나는 차이나칼라 의상이나 은은하게 빛나는 새틴 원피스를 자주 구매했다. 하지만 입고 나서지는 못했다. 사람들이 나를 진짜 아시아인, 그것도 어딘가 이상한 아시아인으로 볼 수 있으니까. 내 정체성을 단순하고 평면적으로 바라보는 시선을 피하고 싶었다. 외모는 동양인이지만, 유럽 문화 환경에서 자랐다는 사실을 다들 알아줬으면 했다. 사실 유럽인 체형이라면 그런 옷을 입고 마음껏 뽐내고 다녔을지도 모르겠다. 나는 이국적인 모습을 연출하고 싶을 뿐, 이국적 존재 자체가 되고 싶진 않았다.

한국 이름과는 양면적인 관계를 유지했다. 나는 입양의 흔적인 이름이 마음에 들었다. 삼촌은 원래 이름을 그대로 써야 했다며 새 이름을 달가워하지 않았다. 삼촌을 기쁘게 하고 싶어 나는 은팔찌에 '미현'이라는 이름을 새겨달라고 고집하기도 했다. 하지만 누가 그 이름을 읽는 건 견딜 수 없었다. 그런 순간이 몹시 불편했다. 한국어 발음을 시도하는 사람 가운데 성공하는 경우가 거의 없을뿐더러, 한국인이 정확하게 발음할 때조차도 '히웅'의 거칠고 투박한 소리가 영 마음에 들지 않았다.

그렇지만 '선명한 아름다움' 혹은 '빛나는 아름다움'이라는 이름의 뜻은 마음에 들었다. 오랫동안 그 뜻이 맞는지 확인하지 않았다. 혹여 다른 뜻이면 받아들일 수 없을 것 같았기 때문이다. 물론 무엇이든 좋은 의미일 거라 믿었다. 부모가 자식 이름을 '멍청한 뚱보' 따위로 지을 리 없으니까. 억지로 꾸미지 않고 허영도 욕망도 없이 '아름다움'과 이름으로 연결된다는 사실이 마음에 들었다. 아시아 이름에 예언 같은 힘이 있을지도 모른다고 생각했다. 실제로 예뻐지지 않더라도, 적어도 이름 덕분에 그렇게 보일 수 있지 않을까 상상했다. 하지만 내 이름이 '로르'라는 사실도 꼭 밝히고 싶었다. 그건 내가 유럽 사회에 뿌리내린 증거이자, 항상 지니는 유럽 여권과 같았다.

하지만 미국에서 열 달을 보내는 동안 어쩔 수 없이 한국 이름을 써야 했다. 사람들이 내 프랑스 이름을 한심할 만큼 제대로 발음하지 못해서 그 대신 '미현'이라고 했다. 그런데 실수였다. 금세 나는 이민 온 한국 집안의 딸 같은 처지가 되었다. 아이러니하지만 정작 그 애들은 '혜미'를 '에이미'로, '혜진'을 '지나'로 바꿔 불렀다. 이런 한국계 미국인과 비교하면 내 이름은 마치 배에서 방금 내린 사람처럼 어색하기만 했다. 이 오해를 벗어날 유일한 방법은 유럽에서 온 이민자들과 가까이 어울리는 것뿐이었다. 결국 나를 두 팔 벌려 환영하고, 가족으로 받아들이는 문화와 가까워질 기회를 스스로 저버린 셈이다. 그것도 나를 두렵게 하는 사람들 속으로 들어가면서.

미국에서 지내면서 '다르다'는 게 얼마나 힘든 건지 실감했다.

고등학교 2학년 때 학교생활이 지루하던 참에 아빠가 1년 동안 미국에 교환 학생으로 가는 게 어떠냐고 했다.

시험과 면접을 통과하고 나서 곧바로 호스트 가족과 연락을 주고받았다. 엉클 샘의 나라가 특별히 끌리진 않았지만, 나쁘지 않을 것 같았다. 하지만 그곳에 발을 딛는 순간, 상황이 달라졌다. 입양 후 처음으로 비행기를 타고, 함께 온 친구들과 환승장에서 헤어진 뒤 도착장에 나가보니 사람들로 북적였다. 그들 중에서 낯설면서도 익숙할 호스트 가족의 얼굴을 찾으려 했지만 어디에도 보이지 않았다. 그 대신 몸집이 커다란 여자가 벌겋게 상기된 얼굴로 다가왔다. 그녀의 말을 조금도 못 알아들었는데, 나중에 알고 보니 호스트 가족이 아들의 이사 때문에 플로리다에 가는 바람에 마중을 나오지 못했던 것이다. 어쩔 수 없이 그녀를 따라갔다. 나보다 30킬로그램은 더 나갈 것 같은 이 여자가 혹시 연쇄 살인범이 아닐지 상상했다. 이대로 실종되면 부모님이 나를 찾을 수 있을지 걱정됐다.

여자만큼 체구가 엄청난 남편, 상대적으로 터무니없이 작은 강아지와 함께 일주일을 보냈다. 시차에 적응하지 못해 호스트 부부가 퇴근하고 돌아오면 눈을 뜨고 있기가 어려웠다. 그러다 보니 결국 대부분 시간을 시츄와 단둘이 지냈다. 산책하러 나가면 이웃집 사나운 개들이 이 조그만 강아지를 한입에 삼킬 듯이 달려들어 매번 두려웠다. 어쨌거나 나는 처음부터 스톡홀름 증후군에 사로잡혔다. 지금까지도 미국을 떠올리면, 매력을 느끼면서도 동시에 불쾌감이 든다.

미국에서의 남은 생활도 참담하기는 마찬가지였다.

호스트 엄마는 불평불만을 달고 사는 사람이었다. 그는 테리 소재로 된 노란색 베이비돌 원피스를 즐겨 입어 마치 거대한 카나리아 같았다. 도착하자 자기 어머니 사진부터 보여주었는데, 그건 뜻밖에도 관에 누운 창백한 시신 사진이었다. 살면서 지인과 가까운 사람의 죽은 모습을 본 건 그때가 처음이

자 마지막이었다.

호스트 아빠도 엄마 못지않게 음침했다. 그는 베니 힐의 코미디 쇼에 나오는 작달막한 대머리를 빼다 박은 듯한 왜소한 체구였다. 은퇴하고 하루 종일 티브이로 야한 영상을 보며 맥주를 마시고, 씹는담배를 질겅거리다 빈 깡통에 뱉었다. 틀니는 소파 테이블에 보란 듯이 올려두었다. 마치 나중에 잊어버리고 제자리에 끼워 넣지 못할까 봐 걱정된다는 듯.

이 괴상한 부부와 매일 밤 나누는 굿나잇 인사는 악몽 같았다. 드라마를 보다 복받쳐 눈물 젖은 볼 뽀뽀를 건네는 호스트 엄마. 나체 영상을 보며 즐거워하다 틀니도 없이 침을 흘리면서 볼에 뽀뽀하는 호스트 아빠. 둘 중 누가 더 구역질나는지 고르기 어려웠다.

불행하게도 호스트 엄마는 우는 걸로 만족할 수 없었는지 나를 비난하기 시작했다. 갈수록 참기 어려운 소란이 이어졌다. 닦달과 협박이 쏟아졌고, 질투에 눈먼 애인처럼 내 일거수일투족을 감시했다.

생일을 축하하는 피자 파티에 원래 오기로 한 친구 대신 다른 친구가 오자, 호스트 엄마는 나를 '거짓말쟁이'로 몰아세웠다. 일이 생긴 친구를 대신해 울적해 있던 다른 친구를 초대했을 뿐인데. 이런 터무니없는 상황이 너무 억울했다. 눈물을 뚝뚝 흘리며 난생처음 부모님과 떨어져 생일을 보냈다. 미인대회 참가자처럼 차려입고 온 여학생 다섯 명이 도착했을 때, 내 눈은 울어서 퉁퉁 부어 있었다. 그때 문득 깨달았다. 활기찬 미국인에 비해 유럽인이 얼마나 침울하고 재미없어 보이는지. 교환학생으로 보낸 10개월 내내 이 생각이 뇌리에 맴돌았다.

호스트 아빠에 대한 혐오는 말로 다 하기 어려울 지경이었다. 처음에는 매일 밤 악몽에 시달렸다. 호스트 아빠가 내 방에 들어와 침대 커튼을 열고 나를 추행하는 꿈이었다. 문틈에 종이테이프로 머리카락을 붙여놓고 나서야 그런 폭력이 실제로 일어나지 않았다고 안심할 수 있었다. 밤마다 반복되던 악몽도 그제야 사라졌다.

지금 돌이켜보면 호스트 가족을 바꾸지 않고, 스위스로 돌아갈 때까지 부모님께 이런 곤란한 상황을 털어놓지도 않았다는 게 좀 이상하다. 부모님이 이해해 주지 않으면 완전히 무너질 것 같아 두려웠던 걸까.

이 부부의 가장 큰 잘못은 내 판단을 흐려놓았다는 점이다.

나중에는 내가 그들의 행동을 제대로 판단했는지, 아니면 단지 편견에 사로잡혔는지조차 알 수 없었다. 심지어 인종차별 발언을 들을 때조차 그게 정말 잘못된 일인지조차 판단하기 어려워졌다.

의료에 대한 내 입장은 좀 애매한 편이었다. 치료가 신기하고 감사하면서도 한편으로는 마치 주술처럼 의심스러웠다.

어릴 적 치과에 가면 잇몸에 바늘을 꽂는 것보다 차라리 마취 없이 견디는 편을 택했다. 엄마는 내가 스위스에 처음 왔을 때 링거를 맞은 뒤로 주사 공포증이 생겼다고 했다. 정신과 의사는 이를 성적 트라우마로 해석했는데, 어쩌면 그건 의사가 내 생각에 영향을 받은 탓인지도 모르겠다.

그렇게 여러 해 동안 채혈이나 예방 접종은 물론, 간호사가 하는 모든 처치를 무서워했다.

에이즈 검사는 누구에게나 끔찍한 일이었지만, 내게는 특히 더했다. 바늘과 죽음, 모든 게 두려웠다. 삶의 희미한 순간, 무모한 시절, 어두운 기억이 죄책감과 함께 밀려들었다.

내가 옳았다는 듯, 의료에 불신을 더하는 사건이 일어났다.

미국에서 수업을 듣던 중 교무실 호출을 받았다. 불안한 마음으로 가보니 호스트 엄마가 와 있고, 체류 관련 '몇 가지 일'을 처리하러 가자고 했다. 더욱 불안해져 따라나섰다. 병원에 도착해 유리 너머로 사방에서 들여다볼 수 있는 커다란 진료실로 들어갔다.

영어가 서툴러 겨우 알아들은 바로는, 예방 접종이 완전히 마무리되지 않아서 주사 한 대를 맞아야 했다. 순간 영화에서 보던 사형수가 된 것 같았다. 고문 장면마저 떠올랐다. 나는 주사는 절대 안 된다고 거절했다. 관계자들은 말로 설득하기 어려워지자 강제로 하려 했다. 나는 마지막으로 한 번 더 시도했다. 미국에 오기 전 의료 절차를 포함해 필요한 모든 준비를 마쳤고, 지침을 하나도 빠뜨리지 않고 철저히 따랐다고 처형자 무리에게 말했다. 주치의에게 확인해 보라는 말도 덧붙였다.

그들은 잠시 망설이다 엄마에게 전화해 주치의와 연락을 취해보라고 했다. 내 주사 공포증을 잘 아는 엄마는 완벽하게 대처했다. 주치의의 허락 없이는 어떠한 처치도 할 수 없다고 단호히 말했다. 동종요법을 신봉하는 주치의는 강압적인 방법뿐 아니라 꼭 필요한 게 아니라면 약물 투여를 꺼리는 사람이었다. 그는 서둘러 형식적인 진단서를 작성해 나를 몰아붙이던 의료진을 잠잠하게 만들었다. 알렉산더 그레이엄 벨과 팩스 발명가가 더없이 고마웠다. 멀리 떨어져 있으면서도 내 어려움을 그토록 잘 이해해 준 엄마에게 감동했다. 나는 이 의료 기록을 비밀로 간직하기로 했다.

어린 시절, 나는 주로 신체적인 이유로 괴로운 일을 겪었다. 몸 때문에 더는 괴롭지 않자, 마음을 괴롭히는 일이 더욱 잔인하게 찾아왔다. 이번에는 '언어'라는 날카로운 칼이 나를 정면에서 가격했다.

나는 댄스파티에서 구석에 서 있는 타입은 아니었다. 그렇지만 때때로 작은 곤욕을 겪기는 했다.

파티에 나가면서 빠른 템포로 여럿이 추는 음악과 느린 템포로 단둘이 추는 음악이 따로 있다는 걸 알게 됐다. 별생각 없이 한 친구에게 솔로 댄스를 좋아하는지 물었다가 즉시 지적을 받았다. "슬로우겠지. 영어로." 얼굴이 화끈거렸다. 셰익스피어의 언어는 물론 슬로우 댄스도 절대 가까이하지 않겠다고 다짐했다.

몇 번의 파티에서 누가 같이 춤추자고 하기를 간절히 바라는 나약한 상태일 때를 빼고는, 슬로우 댄스는 단호히 거절했다. 어쩔 수 없이 출 때면 일부러 파트너의 발을 밟아 슬로우 댄스를 두 번은 추지 않도록 했다.

단어를 있는 그대로 받아들여 오해한 적도 있다. 늘 그렇듯 자만에 빠져 방심한 순간이었다. 한 남자를 너무 대단하게 생각해 벌어진 일이었다.

그는 무허가 건물에 살면서 정치학 공부를 마쳤다. 나보다 일곱 살이 많았고, 내게 인생철학적 조언을 아끼지 않았다. 그의 자유로운 정신과 예술적 감수성이 자랑스러웠던 나는 그가 '프리랜드' 저널리스트라고, 즉 그 어디에도 얽매이지 않고 집도, 법도, 조국도 없는 자유인이라고 주변에 떠들었다. 그러다 누가 지적했다. "프리랜서겠지!" 나는 입을 꾹 다물었다. 그토록 내세우던 그의 가치가 순식간에 그의 실제 세계만큼 작아진 것 같아 실망스럽고 부끄러웠다.

혼자 살아갈 수 있다면 기꺼이 그렇게 하고 싶었다. 부탁을 극도로 싫어했다. 도움을 청하면 상대의 손아귀에 들어가는 기분이 들었다. 특히 일과 관련된 부탁은 더욱 하고 싶지 않았다. 평소에 말 한 마디도 잘 나누지 않던 사람에게 신세 지고 싶지 않았다.

무심코 나온 말 한 마디에 애써 숨겨 둔 분노가 드러났다. 불합리한 상황이라고 여기던 참이었다. 한 친구가 출판사 일자리를 소개해 줬는데, 급여는 시시하지만 업무는 꽤 흥미로워 보였다. 채용 절차를 밟으러 그 회사에 갔다. 아이큐 테스트를 보고 감정 지수를 측정하는 설문지를 작성했다. 나와 호감 가는 인상의 다른 지원자를 맞이해준 남자는 아침이 지나쳐 질척거렸다. 그는 시험지를 주더니 스톱워치를 들이대며, 문제를 다 풀려고 하기보다는 최대한 많은 문제를 정확히 푸는 게 좋다고 설명했다. 주식 거래가 아닌 화폐 수집 카탈로그 만드는 일을 하는 자리인데 왜 이렇게 엄격하게 스트레스 저항성을 시험하는지 이해할 수 없었다. 하지만 아무 말도 하지 않았다.

논리력 테스트의 바보 같은 문제에 할 말을 잃었다. '뒤퐁 씨의 오리가 뒤랑 씨의 담장에 알을 낳았다. 이 알의 주인은 누구인가?' 같은 말도 안 되는 문제에 답해야 했다. 당연히 정답은 '주인은 없다'. 수오리는 알을 낳지 않으니까. 감정 관련 문항은 더욱 이상했다. 일, 공부, 여가 중 무엇을 선호하는지 답해야 했다. 또한 절친, 상사, 가족 중 누구에게 충성을 다할 것인지도 고르라고 했다. 삶을 채우는 인간관계를 낱낱이 파악하고 답변의 일관성을 검증하려는 듯, 비슷한 질문이 형태만 살짝 바뀌 계속 이어졌다.

출판사 사장은 채점표로 지원자의 성향을 순식간에 분석해 냈다. 나중에 친구에게 들으니, 이 기적의 심리 분석 도구는 사장이 미국에서 엄청난 값을 치르고 수입한 것이라고 했다.

화폐를 수집하는 일류 회사에서 테스트 결과가 합격이라는 전화를 받고 깜짝 놀랐다. 일관성 없는 답변이 신선했던 걸까? 약간 경계하며 면접장에 갔다.

연체동물처럼 기운 없어 보이는 남자에게 자리를 안내받고, 고전 뱀파이어 영화에 나올 듯한 50대 남자와 마주했다. 첫인상이 별로였다. 상대방도 마찬가지길 바랐다. 하지만 통장에 남은 돈으로 버틸 수 있는 날이 얼마 남지 않아 일단 가만히 앉아 있었다.

면접은 처음부터 엉망이었다. 면접관이 부모님 직업을 물었다. 마지못해 아버지는 교사이고 어머니는 간호사라고 대답했다. 대답이 마음에 들었는지 형제자매의 직업으로 넘어갔다. 첫째는 성매매 종사자, 둘째는 마약상, 셋째는 무기 밀매상이라고 말하고 싶은 충동을 간신히 억눌렀다. 바보 같은 질문에 질려가던 때, 오빠 이야기가 나오자 -오빠는 힘들게 공부한 끝에 은행 감사관이 되었다- 짜증이 결국 한 마디로 터져 나왔다. "교도관". 내가 한 말이 귓가에 너무 크게 울려 퍼져 귀머거리가 될 것만 같았다. 면접은 성공적이었다. 베르크슈타인아트 출판사와는 영영 인연이 없을 것 같다.

다양한 형태의 문화는 나의 가장 소중한 평생 동반자였다. 때로는 프랑스 문화 방송을 잠시 듣는 것만으로도 고독에서 비롯된 불안이 스르르 사라졌다. 하지만 때로 문화는 나를 배신하고, 나의 그토록 열렬한 경배에 가혹한 대가를 돌려주었다.

시네필의 첫걸음은 꽤 고달팠다. 그래서일까 지금도 영화를 향한 열정으로 충만하다.

정말이지 첫 영화 관람은 완전한 참사로 끝났다. 엄마, 할머니와 함께 월트 디즈니 영화를 보러 갔다. 엄마는 또래보다 영특한 내가 스크린에 펼쳐질 이야기를 충분히 이해할 거라 믿었다.

엄마의 판단은 틀리지 않았다. 하지만 나는 그 영화가 너무 싫었다. 중요한 일에 늘 그렇듯 감정을 주저 없이 표출했다. 우리가 본 영화는 월트 디즈니에서 제작한 건 맞지만, 애니메이션이 아니라 어린이용 실사 영화였다. 엄마는 그 사실을 몰랐다. 내 눈에 주황색 수염을 기른 주인공은 천박하고, 주인공의 불운한 모험은 조금도 웃기지 않았다. 가짜 동전을 손에 쥔 기분이었다. 즐거울 거라고 약속받았지만, 막상 본 건 짜증나는 행동을 일삼는 허세 가득한 뚱뚱보 해적이었다.

영화가 끝나고 엄마는 내가 '골칫덩이'라며 호되게 나무랐다. 아주 재미있는 영화라 내가 마음만 먹으면 충분히 즐길 수 있었을 거라고 했다.

진짜 영화를 볼 만큼 다 컸다고 인정받아 기쁘면서도, 영화가 아직 낯선 내 처지를 누구도 헤아리지 않아 큰 상처를 받았다.

한참 뒤에 다시 엄마, 할머니와 함께 영화를 보러 갔다. 이번에는 메릴 스트립과 로버트 레드포드가 주연한 로맨스 영화 〈아웃 오브 아프리카〉였다.

뒤로 갈수록 점점 더 황당하고 지루했다. 새로운 갈등이 등장할 때마다 한숨이 나왔고, 감상적인 장면이 화면을 채울 때면 눈이 저절로 다른 곳으로 향했다.

영화가 끝나고 불만을 털어놓았다. 엄마는 또다시 나를 견딜 수 없는 아이 취급하며 감수성이 없다고 했다.

그때부터 엄마는 여동생과 영화를 보러 갔다. 동생은 영화를 보며 눈물도 흘리고, 엄마를 바보로 만들지도 않았으니까.

그날 이후 가족과 함께 영화를 볼 때마다 고문당하는 기분이 들었다. 얼마나 감동받았는지 증명해야만 할 것 같았다. 하지만 감동하려고 노력할수록 오히려 감동은 멀어졌다. 강렬한 감동이 밀려올 때면 더욱 불편해져, 감당하기 어려운 동요를 애써 숨겼다. 울지 않으려 안간힘을 썼다.

어느 날 아빠가 물었다. "도대체 우리 딸은 감동할 때가 있기는 할까?"

"어떨 것 같아?"

"모르니까 궁금하지!"

나는 아무 대답도 할 수 없었다. 마치 한국의 궁궐 연못을 빙빙 도는 잉어처럼 입을 꾹 다물고 그저 침묵했다.

시간이 흐르고 나는 작가주의 영화에 빠졌다. 엄마는 그런 영화는 지루하기만 하다고, 온통 비극적인 이야기가 마치 삶에 기쁨이란 없다고 말하는 것 같다고 했다. 그래서 내가 보는 영화는 혼자만의 비밀이 됐다. 하지만 이상하게도, 가족의 금기를 깬다는 죄책감이 커질수록 즐거움도 커졌다.

영화 취향을 누구와도 나눌 수 없다는 현실은 가끔 극단적인 행동으로 이어졌다. 마치 나의 다름을 벌하기라도 하듯 일주일에 일곱 편 넘는 영화를 닥치는 대로 해치웠다.

대학 입학 전까지 누린 유일한 영광은 한순간에 빛을 잃고 말았다. 같은 반 여학생의 멸시 가득한 한 마디에 나는 완전히 쓰러졌다. 관계가 어긋나서 실망한 건 아니었다. 그 아이는 내게 아무런 의미도 없었으니까. 다만 그 아이가 내게 성스러운 주제를 모독했기 때문이었다.

고등학교 졸업을 앞둔 시기였다. 그해에 나는 미쇼, 지드, 베케트, 퐁주, 셀린 같은 위대한 작가들을 만나 경이에 빠졌다. 특히 셀린의 책을 읽으며 문체가 무엇인지 확실히 깨달았다. 그리고 바로 같은 책 때문에 쓰라린 배신도 맛보았다.

어릴 때부터 국어는 내가 가장 자신 있는 과목이었다. 열정적으로, 아니 거의 광적으로 공부했다. 발표 점수로 학기 평균을 올려야 하는 친구들을 도와주기도 했다. 시험 때면 같은 반 아이 몇몇이 옆자리에 앉게 해달라고 부탁했다. 그 사실이 무척 자랑스럽고 행복했다. 드디어 재능을 인정받은 것 같았고, 거의 만점에 가까운 성적이 내 재능을 의심하지 못하게 증명하는 듯했다. 하지만 기쁘게 올라선 그 높은 단상에서 무참히 떨어지고 말았다. 『빚진 죽음』[4] 표지가 구겨진 걸 보고 한 아이가 비웃으며 말했다. "강아지한테라도 빌려줬어?" 가엾은 책을 흐물흐물한 밀짚 바구니에 던져 넣고 이리저리 굴린 사실이 순간 한없이 부끄러웠다. 내가 더럽혔고, 말 그대로 혐오스럽게 만들어버린 그 책이 창피했다. 결국 나는 표지를 크라프트지로 감싸고 폴리오 출판사 로고를 비롯해 표지에 있는 모든 정보를 하나도 빠뜨리지 않고 옮겨 적었다.

이상하게도 서점에 자주 가서 책을 살 여유가 있을 때조차 그 책의 새 판본은 사지 않았다. 심지어 학사 과정 중간시험을 볼 때 너덜너덜한 책을 그대로 들고 가서 시험관 앞에서 발표하기도 했다. 마치 위대한 작가들과의 거리를 항상 의식하려는 듯이.

교외에 사는 남자 친구 집에서 식사하면서 교양의 한계를

4) Mort à crédit : 루이-페르디낭 셀린이 1936년 출간한 두 번째 소설. 국내 미출간.

크게 실감한 적이 있다. 그는 국제 학교에 다녔고 아버지는 다국적 기업 부사장, 어머니는 우아한 주부였다. 소박하지만 맛있는 식사를 대접받았다. 저녁 내내 즐거운 분위기가 이어졌다. 그러나 디저트를 먹으려면 내가 너무나 싫어하는 게임을 해야만 했다. 남자 친구의 아버지가 무인도에 떨어진다면 어떤 그림과 음악을 가져갈지 물었다. 잘 보이고 싶은 마음에 진지하게 고민하는 대신 가장 안전한 대답을 골랐다. "비발디의 '봄'이랑 모네의 '수련'이요." 진부한 대답을 하자마자 바닥을 깊이 파고 들어가고만 싶었다. 아들의 여자 친구를 귀여울 만큼 단순한 아이로 보는 듯한 상대방의 미소에 나는 창백해진 얼굴로 간신히 웃음 지었다.

제네바 대학교 미술사학과에서 주최한 독일 여행에서도 몹시 껄끄러운 일이 있었다. 모두와 잘 어울리고 있다는 기쁨에 들떠 아무 말이나 하게 되었다. 그러다 들뜬 목소리로, 살짝 귀여운 척하며 케테 콜비츠 미술관에 무엇이 있는지 현대미술 교수님께 물었다. 비스 교수님은 짜증 난 듯 대답했다. "케테 콜비츠의 작품이 있겠죠."

즐거운 일행의 선두에서 꼬리로 물러나 종일 동기들과 케테 콜비츠가 정말 그렇게 유명한지 떠들었다. 그리고 교수님의 인정을 되찾기 위해 재치를 발휘하려 애썼지만, 끝내 실패했다.

몰랐다는 사실, 알지 못했다는 사실과 관련한 쓰라린 아쉬움은 지금도 좀 놀랍다. 다시 말하지만, 무지해서가 아니라 무지가 드러났기 때문에 나는 상처받았다. 사실 나는 여전히 케테 콜비츠의 작품을 잘 모른다. 이상하게도 이 예술가의 그림, 조각, 판화 무엇 하나도 기억나지 않는다!

실수가 그리 많은 편은 아니지만, 그렇다고 자신을 쉽게 용서하지도 못했다. 오히려 그 반대였다! 불쑥 내뱉은 한 마디나 손에서 미끄러진 물건 하나에도 일주일 내내 자책했다.

하지만 이런 극도의 엄격함을 다른 사람에게는 적용하지 않았다. 소설가 위스망스[5)]의 강의가 열린다는 소식에 위스망스 교수가 어느 수업을 담당하는지 물었다고, 대학 동기가 고백했을 때도 그저 재미있다고 웃었을 뿐 나 자신에게 던졌을

5) 조리스-카를 위스망스(Joris-Karl Huysmans, 1848-1907) : 프랑스의 소설가, 미술 비평가.

법한 경멸은 조금도 내비치지 않았다. 다만 웃음 속에 묘한 자부심이 깃들어 있기는 했다.

다들 그렇듯 나도 희망에 부풀어 대학 생활을 시작했다. 최대한 다양한 문화 활동에 참여하기로 했다. 미술 수업에서 평균 이하의 실력이 드러났다. 이어 아프리카 댄스 수업에 등록하고 제네바 대학 신문 『플럭스 *Flux*』에도 얼굴을 내밀었다.

미식 지면을 맡아 식당 여러 군데를 다니며 평가하는 글을 쓰고 기자 생활의 첫 대가로 음료와 디저트를 받았다.

그러다 알바니아 여행기를 쓰기로 했다. 여행은 루마니아에 집시 아이들을 취재하러 가는 남자친구와 동행했다. 그는 오래 떨어져 있기 싫어했지만, 내가 멀리 다녀오는 바람에 우리는 그의 출국 전 제네바에서 잠깐 스치듯 볼 수밖에 없었다. 그래서 그와 사진작가 동료의 여정에 내가 함께하기로 했다.

그 여행은 내 세계관을 근본적으로 뒤흔들었다. 그전에는 아무것도 보지 못한 것만 같았다. 거친 풍경의 아름다움과 사람들의 야생적인 품위에 충격을 받았다. 우리는 라키[6]와 진한

6) 아니스향을 지닌 증류주. 터키의 국민 음료로, 알바니아와 코소보, 아르메니아에서 많이 소비한다.

커피를 마시고, 거의 파스타만 고기 향이 은은하게 나는 육수에 삶아 먹으며, 하루 중 정해진 시간에만 수돗물을 썼다. 그러나 땅에서 피어나는 기이한 시적 감흥을 만끽할 수만 있다면 그 정도 불편은 기꺼이 감내할 수 있었다.

돌아와서 당연히 그 값진 경험을 글로 썼다. 잡지에 글이 실리지 않았다는 걸 알기까지는 환희에 빠져 보냈다. 편집장에게 전화를 걸자 부편집장과 통화할 수 있었다. 그는 내 글이 너무 서정적이라 『플럭스』의 편집 방향과 맞지 않는다고, 『레 탕모데른』[7]에 투고해 보라고 했다. 주관적인 색채가 너무 짙다는 것이었다. 그가 보기에 대학 잡지에 고상한 야만인 신화의 새로운 버전 따위는 필요 없었다.

분명히 내 글이 지나치게 감상적이고, 비판받아 마땅했을지 모른다. 하지만 잡지를 인쇄할 때까지 아무도 내게 문제를 말해 주지 않았다는 사실이 마음에 걸렸다. 잡지에 글이 실리지 않은 것보다도, 내가 글을 고칠 능력이 없고 비판을 받아들일 만큼 열려 있지 않다고 평가받은 것이 더 큰 상처로 다가왔다. 엄밀히 말해, 재능이 아니라 지성 자체를 부정당한 것이나

7) Les Temps Modernes : 1945년 사르트르, 보부아르, 메를로퐁티가 창간한 프랑스 월간지. 정치·문학·철학 담론의 장 역할을 했으며, 2018년 발행이 중단됐다.

다름없었다.

글솜씨가 좋았던 내 첫사랑이 나서서 나를 변호했다. '플럭스, 치부를 드러내다'라는 제목으로 연재 기사를 실었다. 물론 그는 의견의 자유를 수호하고 진정한 언론 윤리를 일깨우고 싶었을 테지만, 나는 잘 알고 있었다. 수많은 학생이 읽은 이 글이 사실은 내게 절실히 필요한 순간에 날아온 가장 아름다운 러브레터라는 것을.

눈치를 많이 보며 맞추다 보니 종종 바보 같은 짓을 저질렀다. 특히 관계가 여실히 드러나는 선물에서 어긋나기 일쑤였다.

가장 어설픈 선물은 은행원인 한 남자에게 건넨 것이었다. 금융계 사람과 어울릴 기회가 거의 없었던 나는 그의 직업에 관심이 있다는 걸 보여주고 싶어 그의 세계를 잘 대변하는 물건을 고르기로 했다. 마침, 뉴욕의 한 미술관에서 꽤 괜찮은 넥타이를 고를 수 있었다. 그는 모네의 수련이 그려진 넥타이를 받아 들고 실망과 곤란, 터져 나올 뻔한 웃음까지 친절히 애써 감춰주었다. 그가 그 넥타이를 딱 한 번 매고 나타났을 때, 오히려 내가 그보다 백 배는 더 부끄러웠다.

여섯 달 동안 혈기 넘치는 한 남자를 만났다. 그는 나보다

고작 몇 살 많았을 뿐이지만, 당시 열아홉이었던 내 눈에 어른처럼 보이기에 충분했다. 그의 친구들은 매력이 넘쳤다. 대화를 듣고 있으면 기가 죽었다. 내가 페드로 알모도바르를 막 알게 됐을 때, 그들은 알모도바르는 잊고 존 카사베츠를 함께 찬양하자고 했다. 그들은 유행을 앞서는 예술가처럼 자유분방한 삶을 살았다. 나는 그들이 자랑스러우면서도 두려웠다.

그러다 조금씩 깨달았다. 내가 어떤 단계를 넘어가는 중이며, 거인들이 아직 아이 같은 내 세계를 짓밟고 있다는 사실, 말 그대로 그들에게 끌려가고 있다는 사실을. 이른 아침, 때로는 아침 식사를 하기도 전에 도망치고 싶은 기분이 들었다. 새로운 학교로부터 벗어나고 싶었다.

문화와 라이프스타일을 강요받는 게 너무나 위협적으로 다가와 점점 말수가 줄고 피해망상에 시달렸다. 길을 잃은 것 같았지만, 그조차 표현할 수 없었다. 결국 헤어지기로 했다.

내 결정에 남자친구는 큰 충격을 받았다. 그러나 자유로워지고, 부족하다는 걱정이 끝나며, 대안적 사고라는 코르셋에서 해방된다는 생각에 안도감이 밀려와 나는 흔들리지 않았다.

헤어진 지 얼마 되지 않아 그의 생일날이 되었다. 나는 여전히 그에게 깊은 애착을 느꼈고, 내가 경험한 억압에서 벗어나지 못한 상태였다.

그에게 다시 인정받고 싶고 내 마음도 전하고 싶었다. 나는 진심으로 그를 기쁘게 해주고 싶어, 고심 끝에 골랐다는 걸 보여줄 만한 특별한 선물을 찾아 나섰다.

제네바 거리 구석구석을 걸으며 마법처럼 완벽히 제 역할을 해낼 특별한 물건을 우연히 발견하기를 바랐다. 정말 마땅한 게 없다고 생각할 즈음, 라르앙릴(L'Art en l'Île) 예술 서점이 눈에 들어왔다. 황급히 들어가 한참 둘러보다 소박하면서도 개성 있고 내 주머니 사정에도 맞는 물건을 찾았다. 포장해서 홀가분하게 집에 돌아왔다.

며칠 뒤, 작은 책을 건넸다. 그는 인상을 찌푸리더니 선물을 도로 내밀었다.

"안 받을래!" "왜?" 나는 너무 놀랐다.

"넌 내가 남자로 보이지도 않는구나?"

그의 말에 선물을 다시 보고서야 실수를 깨달았다. 동성애자 예술가들의 초상화집이라는, 꽤 특별한 선물을 골랐던 것이다. 정성과 개성, 문화적 소양은 다 담겨 있었지만, 정작 가장 중요한 센스는 찾아볼 수 없었다.

자살 성향은 없지만, 죽고 싶다고 생각한 적은 세 번 있었다.

처음으로 진지하게 죽음을 떠올린 건 당시 남자친구에게 내가 존재 가치가 있는 사람인지 모르겠다고 털어놓은 후였다. 그는 내 장점을 말하며 안심시키려고 했지만 너무나 서툴러 나는 오히려 그가 입을 열기 전보다 더 불안해졌다. 나를 측은히 봐주길 바라며 결점과 약점, 부족한 점을 강조했지만, 그는 잘 이해하지 못하는 것 같았다. 어떻게든 반응을 끌어내고 싶어 점점 과장하다 보니 너무 불안해져 진심 가득한 사랑의 말이 절실해지는 지경이 되었다.

하소연을 한참 듣고 그가 말했다. 이제 충분하다고, 좀 지겨우니 그만하라고, 점점 귀찮다고. 지독한 불안에 눈물이 터졌다. 난파선의 잔해를 붙잡는 심정으로 매달렸지만, 그는 눈물 가득한 얼굴을 앞에 두고 예쁘지 않다고 했다. 무심하다고 비난하자 돌아온 대답은 자신이 지쳤고 내가 너무 버겁다는 말뿐이었다. 차라리 내가 없어지기를 바라는지 묻자 그는 침묵했다. 결국 분노로 가득 차 그의 곁을 떠났다.

집에 도착한 뒤에도 흥분이 가라앉지 않았다. 어떻게든 복수하고 싶고, 그가 준 상처가 얼마나 큰지 보여주고 싶었다. 그에게 전화를 걸고 전화선으로 목을 매려 했다. 누가 내 시신을 발견했을 때, 그 때문에 내가 얼마나 절망했는지 알리고 싶었다.

다행히 복수보다 화해와 애정 표현을 더 갈망했기에 위험한 생각은 곧 사라졌다.

두 번째 자살 충동은 한밤중에 찾아왔다. 그날 저녁, 나는 부엌에서 여동생, 가장 친한 친구와 함께 저녁 시간을 보냈다. 부모님을 대하는 동생의 태도를 나무라는 중이었다. 동생은 내 집에서 자도 된다는 허락을 받으려고 부모님께 거짓말을 했다. 몸이 아파서 집까지 가기 어렵고, 내일 학교도 못 갈 것 같다고. 전화기 너머로 부모님의 걱정이 고스란히 느껴졌지만, 동생은 연기를 멈추지 않고 통화를 마쳤다. 나는 그런 동생의 모습이 역겨웠다. 아마도 부모님이 우리를 다르게 대한다는 개인적 앙금이 섞여 있었을까. 내 목소리에서 질투가 묻어났던 게 분명하다. 결국 친구가 말했다. 자기와는 상관없는 일인데다, 다른 사람 앞에서 사람을 그렇게 몰아세우면 안 된다고. 나는 이 모든 게 동생을 위한 거라고 고집을 부렸다. 그러자 친구는 화를 내며 문을 쾅 닫고 가버렸다.

동생 옆에 누웠지만, 동생이 깊이 잠든 뒤에도 잠이 오지 않았다. 친구가 동생 편을 들던 게 자꾸 떠오르고, 부당한 대우를 받았다는 억울함이 치밀어 올랐다. 어린 시절부터 줄곧 느껴온 감정이었다. 가장 믿는 친구조차 나를 이해하지 못하고 이런 상처를 주다니. 더는 누구도 믿을 수 없다는 생각과 함께 창밖으로 뛰어내리고 싶은 충동에 시달렸다.

하지만 참을성 있게 동생이 깨어나길 기다려 맛있는 아침 식사를 준비했다.

세 번째 자살 충동은 한 젊은 작가와 격정적인 연애를 하던 시절에 찾아왔다.

어느 일요일, 그가 가족을 만나러 가자 갑자기 불안하고 슬퍼졌다. 세상에 조건 없는 사랑 따위는 없고, 어떤 사랑도 받을 자격이 없다는 생각이 들었다. 위로가 간절했다. 이런 불안한 상태로 혼자 있어선 안 될 것 같아 가장 친한 친구에게 전화했지만 받지 않았다. 일부러 전화를 피하지 않았겠지만, 휴대전화마저 받지 않자 자책하기 시작했다. 이어 일전에 가볍게 호감을 주고받은 친구에게 전화했다. 그라면 내 이야기를 들어줄 것 같았지만 역시 연락이 닿지 않았다.

파리에서 막 돌아와 심각한 고민으로 가득했다. 논문을 포기하자 앞으로 무엇을 해야 할지 막막했다. 생계는 어떻게 꾸려나갈지, 뭘 하며 살면 좋을지 앞이 보이지 않았다. 돈도, 집도, 야망도 없는 데다 내가 누구인지조차 알 수 없어 방황하던 때였다.

번호 두 개를 미친 듯이 계속 눌렀다. 집 전화로도, 휴대전화로도 연락이 닿지 않는다는 걸 이해할 수 없었다. 불안이 커졌다. 혹시 나한테 화난 걸까? 어쩌면 내 이야기를 듣는 데 지쳤거나, 신경질적인 내 모습을 더는 감당하기 어려운 걸지도.

견딜 수 없이 외로운 기분이 들어 창밖으로 뛰어내리고 싶은 충동이 다시 솟구쳤다. 그 행동이 너무나 간단하고 매력적으로 여겨져 오히려 두려웠다. 마치 취한 듯 창가에 이끌렸다. 공포에 질려 침대에서 일어나지 않기로 했다. 내 상태를 진단해줄 사람과 대화하기까지는 절대 움직이지 않으리라 다짐했다.

마침내 친구 둘 중 하나와 연락이 닿았다. 나는 울면서 왜 이렇게 늦게 전화했는지 물었다. 날씨가 이렇게 좋은데 세 시간 동안 영화를 보는 건 말도 안 된다면서. 그는 부재중 전화를 확인했지만, 메시지도 없고 어차피 저녁에 만나기로 해 굳이 전화할 생각을 못 했다고 했다. 그때 깨달았다. 살려달라고 지르는 절규가 상대에게는 그저 작은 속삭임으로 들린다는 걸.

에필로그

스물다섯 살 무렵, 불현듯 깨닫고 현기증이 났다. 예술가의 뮤즈로 머물거나 다른 이들의 프로젝트에 소극적으로 참여하는 것으로 더는 만족할 수 없었다. 나의 길을 찾아야만 했다. 텅 빈 보석함처럼 의미 없는 존재가 될 순 없었다.

하지만 실제 전환점을 맞게 된 건 그로부터 5년 후, 서른 살이 되던 날 밤이었다. 그때부터 내 삶은 완전히 새로운 방향으로 나아가기 시작했다.

그날 나는 하루 종일 동생네 집 열쇠를 찾았다. 누가 나쁘게 마음을 먹고 열쇠를 훔쳐 동생의 집에 침입해 물건을 훔치거나, 더 끔찍한 경우 폭력을 휘두르지 않을까 두려웠다. 땀과 눈물에 젖어 지친 몸으로, 나는 당시 호감을 나누던 남자에게 늦은 밤에도 문을 연 한 식당에서 생일 저녁을 함께해달라고 조심스레 부탁했다. 며칠 전 고급 레스토랑에서 이미 내 서른 번째 생일을 함께 축하했지만, 그는 흔쾌히 응했다. 식사는 음울했다. 하지만 허름한 식당에서 계산하며 나는 오히려 감사한 마음이 들었다.

깊은 절망 한가운데서, 나는 마침내 돌이키지 않을 결정을 내렸다. 전시회 초대와 사교 모임으로 그럴 듯 보이는, 겉보기에는 화려하지만 실상은 텅 비어 있던 내 삶을 지극히 아찔하고 내밀한 프로젝트로 채우기로. 그건 바로 책을 쓰는 일이었다.

한국에서 이 책이 출간되도록 애써주신 김문영 편집자님께 진심으로 감사드립니다!

폴라로이드

1판 1쇄 발행일 2025년 10월 31일

글쓴이 | 로르 미현 크로제
옮긴이 | 김모
펴낸이 | 김문영
펴낸곳 | 이숲
등록 | 2008년 3월 28일 제2020-000067호
주소 | 경기도 파주시 산남로107번길 86-17
전화 | 031-947-5580
팩스 | 02-6442-5581
홈페이지 | http://www.esoope.com
페이스북 | http://www.facebook.com/EsoopPublishing
인스타그램 | @esoop_publishing
Email | esoope@naver.com
ISBN | 979-11-91131-94-9 04890
979-11-91131-93-2 04890(세트)